यशोधरा जीत गई

यशोधरा जीत गई

रांगेय राघव

राजपाल

स्थापित 1912
100 वर्षों की
श्रेष्ठ प्रकाशन परम्परा
राजपाल

₹ 195

ISBN : 9788170287179

YASHODHARA JEET GAI (Novel) by Rangey Raghav
मुद्रक : जी. एस. ऑफसेट, दिल्ली

राजपाल एण्ड सन्ज़

1590, मदरसा रोड, कश्मीरी गेट, दिल्ली-110006
फोन : 011-23869812, 23865483, 23867791
website : www.rajpalpublishing.com
e-mail : sales@rajpalpublishing.com
www.facebook.com/rajpalandsons

भूमिका

गौतम बुद्ध का जीवन त्रिपिटकों में बिखरा पड़ा है। अभी तक बुद्ध पर लिखने वालों का दृष्टिकोण साम्प्रदायिक रहा है। मैंने अपना दृष्टिकोण ऐतिहासिक रखा है। प्राचीन भारत में साम्प्रदायिक आंखों ने जान-बूझकर एक-दूसरे के बारे में नहीं देखा। इसलिए भारतीय इतिहास को जानने के लिए हर सम्प्रदाय को देखना आवश्यक है। यही कारण है कि यहाँ गौतम बुद्ध केवल त्रिपिटकों की बात नहीं करते। वह इतिहास, वेद, पुराण आदि की भी बात करते हैं।

यशोधरा का नाम गोपा भी आता है और कहीं भद्रा कापिलायिनी तथा कहीं भद्रा कात्यायनी आता है। मैंने भ्रदा कापिलायिनी लिखा है और यशोधरा भी। यशोधरा आधुनिक चिंतन की बात नहीं करती, परन्तु वही कहती है जो नारी तब भी कह सकती थी—वृद्ध चिन्तन के दोनों पक्षों को दिखाने के लिए मैंने जीवन को इस प्रकार प्रस्तुत किया है। कहीं-कहीं त्रिपिटकों के वाक्य भी ज्यों के त्यों मैंने एक-आध जगह पर अनूदित करके प्रयुक्त किए हैं क्योंकि जीवनी में वे अधिक शक्ति भरने में समर्थ हुए हैं।

बुद्ध को मैंने चमत्कारों से अलग करके देखा है। चत्मकार व्यक्ति की महानता को गिराते हैं। मैंने तत्कालीन राजनीतिक परिस्थिति का चित्रण किया है। और यह तो स्पष्ट ही है कि मैंने जो चित्रण किया है उसमें इतिहास के मेरे शोधतथ्य भी प्रस्तुत हैं।

बुद्ध का जीवन बहुत विशाल है। प्रस्तुत पुस्तक में बुद्ध का पूरा जीवन नहीं है। अभी बहुत बाकी है। उस काल में लिखने योग्य बहुत कुछ है। यदि इसी प्रकार लिखा जाए तो बुद्ध का सम्पूर्ण जीवन लिखने के लिए ऐसे पाँच या छः ग्रन्थ और लिखे जा सकते हैं। तब ही पूरा रस भी आ सकता है। बुद्ध का जन्म वि. पू. 505 समझा जाता है। बुद्ध उन्तीस वर्ष के थे। तब घर छोड़ गए। छः वर्ष तफ्स्या की तब बुद्ध हुए। फिर पैंतालीस वर्ष उपदेश दिए। यों यह लम्बा जीवन विक्रम पूर्व

426 में पूरा हुआ और उसके बाद बौद्ध धर्म अपने रूप बदलता हुआ लगभग 1500 वर्ष भारत में रहा।

बुद्ध के समय में समाज विषम था। दास-प्रथा बाकी थी और क्षत्रिय कुलगणों में ही यह अधिक थी। सामंत-प्रथा एकतंत्र शासन में उठ रही थी। बुद्ध ह्रासकालीन गण-व्यवस्था के विचारक थे, जिसने व्यापक मानवीय आधारों का सहारा लेना चाहा था, परन्तु व्यवहार में वह उस वस्तु को सफल नहीं कर सके।

बुद्ध भारतीय इतिहास में यद्यपि अपने चले आते विचारकों की परम्परा में थे, परन्तु फिर भी उसका गहरा प्रभाव पड़ा। कह सकते हैं कि वही क्षत्रिय विचारक थे। जिनके चिन्तन में बहुत कुछ ऐसा था जिसने आने वाले सामन्ती चिन्तन को भी निर्मित किया।

मैंने प्रस्तुत औपन्यासिक विवरण में नए पात्र नहीं लिए। ऐसे दास-दासियों के नाम मिल जाएँ तो बात नहीं, परन्तु बड़े पात्र सब ऐतिहासिक ही हैं।

त्रिपिटक बुद्ध के बाद लिखे गए, और उन्होंने प्रत्येक धर्मानुयायी परिवार की भाँति अपने आचार्य को, चमत्कारों से भरने वाली चेष्टा की प्रणाली पर, भारतीय इतिहास में अपना महत्त्व प्राप्त करने से रोका है।

बुद्ध की निर्बलताएँ उनके युग की निर्बलताएँ थीं, उनकी विजय मानव को विजय और कल्याण देने वाली शक्तियां थीं। मैंने इस पुस्तक में बुद्ध के महान जीवन का निरपेक्ष दृष्टि से अध्ययन करने का प्रयत्न किया है और ऐसे पात्रों का वर्णन करके निश्चय ही इतिहास और भारतीय संस्कृति के प्रति श्रद्धावनत हुआ हूं।

–रांगेय राघव

प्रथमा

निरंजना नदी अपनी गम्भीर गति से बहती चली जा रही थी। जल का कल-कल निनाद तीरस्थ वनभूमि में अपनी हल्की गूँज प्रतिध्वनित कर रहा था। उरुवेला की प्राचीन भूमि में तीर पर खड़े अश्वत्थ वृक्ष की छाया में एक पैंतीस वर्ष का युवक गंभीर मुखाकृति लिए खड़ा था। वह किसी गहन चिंतन में पड़ा हुआ था। उसका रंग भव्य गौर था, किन्तु इस समय उस पर हल्की-सी छाया आ गई थी। उसके नेत्रों में असीम वेदना, रहस्य, गौरव और जिज्ञासा काँप रही थीं। पलकों में एक अचंचल स्तब्धता थी, जिसे देखकर लगता था कि यह व्यक्ति बहुत गहरी अन्धेरी में पड़ा हुआ भी प्रकाश की ओर बढ़ रहा था। उसकी खिंची हुई भबें उसके अन्नत ललाट और लंबी नाक के बीच में ऐसी दिखती थीं जैसे अरुणोदय वाले क्षितिज की पृष्ठभूमि पर रेखा मात्र-से दिखाई देने वाले दो जहाजों के पाल अनन्त के वक्ष पर तन गए हों और अज्ञात आलोक की ओर बढ़ चले हों। उसके लम्बे और पतले होंठों पर एक विचित्र स्फुरण थी मानो वे किसी अत्यन्त पवित्र शब्द का निर्घोष करने के लिए व्याकुल हो उठे हों। वह लम्बा, चौड़े कन्धे वाला पुरुष, जो आज दुबला हो गया था, उस निरंजना के तीर पर ऐसा स्तब्ध खड़ा था कि उसे देखकर सारा वनप्रान्तर जैसे हरहराकर अभिवादन कर रहा था। समस्त वायुमण्डल से पुकार-सी उठ रही थी...लौट चल...सिद्धार्थ...लौट चल...

शालवन के फूलों की सुगन्धि बार-बार झोंकों पर झूम उठती थी। कभी-कभी पक्षी अपने कलरव से आकाश से पृथ्वी तक एक अजस्र मनोहारिता को भर-भर देते थे। वह शीतल स्पर्श से लुभा देनेवाली वायु अंग-अंग की ऊष्मा को ऐसे ही थपेड़े दे रही थी जैसे तरल कल्लोलिनी हिलोरें नीरस तीर भूमि की मोहनिद्रा को बार-बार झकझोरने को आ-आकर अपना समर्पण करके बिखर जाती हों।

सिद्धार्थ का मन फिर भी दृढ़ था। उसने हठात् किसी दृढ़तम निश्चय से सिर उठाया और फिर उसने रात के उतरते अन्धकार के पाँवों के नीचे बिछे

सुनहले कंबल जैसे सान्ध्यगगन को देखकर धीरे से बुदबुदाया : नहीं, मैं पीछे नहीं लौट सकता है। मैं इतना आगे आ गया हूँ कि मेरे लिए लौटने के सब द्वार बन्द हो गए हैं। यदि मैं अपने चिन्तन का कोई अन्त नहीं पा सकता, तो मेरे लिए जीना ही निष्फल है, क्योंकि जिसे मन आज बार-बार याद कर रहा है, मैं उसी जीवन को तो निस्सार समझकर एक दिन छोड़ आया था। तब उसमें यदि मुझको सन्तोष नहीं मिला तो किस विपर्यय से आज इस साधना से विमुख होकर, पराजित होकर मुझे फिर वहीं विश्राम मिल सकेगा? यह तो असंभव है।

और तब वह दीर्घकाय भव्य पुरुष मन्दगति से निरंजना की तीर-भूमि पर घूमने लगा। वह मानो अपने उस घूमने से वायु को विक्षुब्ध करके अपने भीतर के समस्त संकुल क्षोभ को स्थिर कर लेना चाहता है। वह धीरे-धीरे अश्वत्थ वृक्ष के नीचे जा पहुँचा। चंचल पल्लव वाले चलदल पीपल की फुनगी पर अब आलोक तिरोहित होने के पहले अपनी अन्तिम मुस्कान बिखेर रहा था। पीपल का सफेद-सा तना उस आती धुन्ध में स्तब्ध दिखाई दे रहा था।

चारों ओर नीरवता थी। कोई नहीं था जो मानव के स्वर से बोल सके। केवल पीपल की पूजा करके जो दिन में कोई चला गया था, उसके हाथ की चढ़ाई कुसुमावली उसके इधर-उधर पड़ी थी। यह अश्वत्थ वृक्ष, जिसके चैत्य पर अनेक मागध, खत्तिय और पार्वत्य देवता समझकर शीश झुकाते थे, जिससे स्त्रियाँ सन्तान माँगती थीं, जिससे नाग की उपासना करने वाले ब्राह्मण और क्षत्रिय वरदान माँगते थे, इस समय सिद्धार्थ उसकी ओर अधमुंदी आँखों से देख रहा था। आज मानो वह अश्वत्थ द्रुम अपने खड़खड़ाते पत्तों के द्वारा उस पर मुस्करा दिया था। मानो उसने कहा था कि अभागे मानव! शताब्दियों पहले जब तू न था तब इस संसार में मैं ही देवता था क्योंकि मेरी छाया, मेरी लकड़ी मानव जाति का उपकार करती थीं। कालान्तर में वह मेरी ही उपासना करने लगा। तब यक्ष, किन्नर, गंधर्व, नाग सब जातियाँ धीरे-धीरे मेरे सामने सिर झुकाने लगीं। वह दिन भी आया, जब मगध के जरासंध सम्राट की मदांध सेनाएँ मेरी छाया में से निकल गईं। किन्तु उससे मुझे शान्ति नहीं मिली। जाने कब विभिन्न जातियाँ आपस में घुल-मिल गईं, जाने कब एकतन्त्र शासकों को क्षत्रिय कुलों ने उखाड़कर फेंक दिया और यह रक्त गर्व पर आधारित कुल गण उठ खड़े हुए। आज तू उन्हीं में से मेरी ही छाया में आया है। अरे निर्बल मनुष्य! तू क्या सृष्टि के शाश्वत रहस्य को खोज लेने का दंभ कर रहा है। क्या तू इतना समर्थ है? मेरी ही छाया में आर्येतर जातियों के अनेक विचारक सहस्रों वर्षों से बैठ-बैठकर चले गए, किन्तु कोई भी मूल रहस्य

को जान नहीं पाया ...आ रे मानव...आ...मेरी छाया में बैठ...आज तू भी बैठ...किन्तु यह न समझ कि तू ही ऐसा प्रथम विचारक है; न जाने कितने ऋषि अनादिकाल से यहाँ बैठकर अपनी सीमित बुद्धि से असीम होने का यत्न कर चुके हैं! सिद्धार्थ! न जाने कितने सुन्दर तरुण यहाँ अपने माँसल और गरिमावृत्त यौवन को अन्धकार की खोज के अहंकार में नष्ट कर चुके हैं...

और आता हुआ अन्धकार मुस्करा दिया। सिद्धार्थ खड़ा-खड़ा सोचने लगा। आज सारा अतीत आंखों के सामने घूम रहा था। क्योंकि वह उसे भूलना चाहता था, वह बार-बार आज याद आ रहा था।

क्या थी उसकी सत्ता! दस हजार योजन लम्बे लम्बूद्वीप के मध्यदेश की पूर्व दिशा में कजंगल उपनगर के बाद विशाल शालवन के आगे सीमांत देश था। उसके मध्य में सलिलवती नदी थी। फिर प्रत्यन्त देश था। दक्षिण में सेतकण्णिक, पश्चिम में ब्राह्मण ग्राम थून। इसी भूमि में न जाने कितने श्रावक, अग्रसावक, चक्रवर्ती राजा, वैभवशाली क्षत्रिय, ब्राह्मण और वैश्य आए थे और मिट गए थे, उसीमें एक कपिलवस्तु नामक नगर था।

आषाढ़ के उत्सव पर महादेवी मायादेवी गर्भवती हुई थीं। दस मास बीतने पर वे पितृगृह देवदह नगर की ओर चलीं। रानी के चलने पर कपिलवस्तु से देवदह नगर तक के मार्ग को स्वच्छ किया गया; केला, पूर्णघट, ध्वज, पताका से अलंकृत किया गया। दासों ने सोने की पालकी उठाई, सहस्रों परिजन और एक सहस्र उच्चपदस्थ कुलीन नागरिक रक्षार्थ साथ में चले। शुद्धोदन राजा का मन उमग रहा था।

दोनों नगरों के बीच, दोनों ही नगर वालों का, लुम्बिनी का मंगल शालवन उस समय आमूलशिखर फूल उठा था। महादेवी ने गूँजते भ्रमर और महकते फूल देखे तो वे उसमें भ्रमण करने को उतर पड़ीं।

वहीं प्रसव-वेदना प्रारंभ हुई। कनात घेर दी गई। खड़े-खड़े ही उन्होंने बालक को जन्म दिया।

दोनों नगरों के निवासी उस बालक को लेकर कपिलवस्तु लौटे। पथ में देखा गया कि असंख्य धन वाले कुल को त्यागकर नाडक खत्तिम मिट्टी का पात्र लिए काषाण धारण करके चला जा रहा था।

किन्तु राजा शुद्धोदन को लगा कि मन्द-मन्द पवन बह रहा था। आकाश से पृथ्वी तक आनन्द ही आनन्द प्रतिध्वनित हो रहा था...

कब वह आनन्द महादेवी की मृत्यु के रुदन में बदल गया, वह तो याद नहीं है, परन्तु जब से देखा, केवल अमित ममतामयी महाप्रजापती गौतमी मौसी की ही आँखें उन असंख्य सुन्दरी धाइयों के बीच सबसे बड़ा अभय देती हुई दिखाई देती थीं...

सिद्धार्थ सिहर उठा।

सिद्धार्थ बारह वर्ष का था। न जाने सब कुछ होते हुए भी एक सूनापन मन में जाग उठता था। ज्योतिषियों ने कहा था : 'कुमार संसार में महान बनने के लिए पैदा हुआ है।' वह महानता की लालसा परोक्षरूप में न जाने कहाँ भीतर ही भीतर पल रही थी। लगता था कि यह जीवन बड़ा सुख है और फिर अज्ञात का भय-सा होने लगता। कैसे हो जाएगा वह महान!

वह एकान्त में बैठा था। उपवन की गंध ने वायु को भी चंचल कर दिया था। वह सोच रहा था। आज महाप्रजापती गौतमी के विषय में ज्ञात हुआ था कि वह उसकी माँ नहीं थी, मौसी थी। उसने पूछा था : "तो माता कहाँ है!"

"माँ!" महाप्रजापती गौतमी के नेत्रों में आँसू आ गए थे। उन्होंने पूछा था : "पुत्र! तुझे मुझसे किसी प्रकार का अभाव लगता है?"

"नहीं तो अम्ब!"

"फिर क्यों पूछता है, वत्स!"

"अम्ब! दासियाँ बात करती थीं। तुम रोती क्यों हो?"

"मैं रोती नहीं वत्स! दोनों ओर की सोचती हूँ। तेरी माता मायादेवी मेरी बहिन थीं। उसको यम ले गया।"

"कौन, दक्षिण दिशा का महाराजा?"

"हां, तात!"

"वह क्यों ले जाता है, अम्ब?"

"यह तो कोई नहीं जानता।"

और सिद्धार्थ सोचने लगा था।

जब आर्य्य शुद्धोदन आए उन्होंने सुना तो कहा, "आर्य्ये महाप्रजापती गौतमी!"

"क्या है देव!" वे बोलीं।

"तुम क्यों इतनी चिंतित हो?"

"देव! सिद्धार्थ ने पूछा था। सोचती हूँ, क्या माता का स्थान कोई दूसरी स्त्री

कितनी भी सेवा करके भर नहीं सकती?''

शुद्धोदन ने बात को हल्का करने को मुस्कराकर कहा था : ''स्त्री के भी द्वन्द्वों की असीम आकाक्षाएँ हैं। वह अपनी भी मर्यादा अभी तक नहीं बाँध सकी है। मैं कैसे बताऊँ? यदि मैं स्त्री होता तो संभवतः बता पाता।''

महाप्रजापती गौतमी ने कहा था : ''नहीं आर्य्य! इस जीवन में स्त्री के लिए यही सबसे बड़ी विचित्रता है कि वह अपनी स्त्री जाति से जो सम्बन्ध रखती है, वह पुरुष के दृष्टिकोण को साथ में रखकर। और इसका कारण यही है कि स्त्री और पुरुष दो अलग जातियाँ नहीं, बल्कि परस्पर घुले-मिले वर्ग हैं। उनके स्वार्थों का नियमन ऐकांतिक नहीं, वरन् एक-दूसरे पर निर्भर है।''

''तब परनिर्भर क्यों कहती हो देवी ! यह तो एक प्रकार की आत्मनिर्भरता ही हुई। अपनी सत्ता का ऐसा अपरूप समर्पण करके भी फिर-फिर संशय तुममें क्यों जागता है ?''

महाप्रजापती गौतमी ने क्षण-भर स्तब्ध रहकर कहा : ''आर्य्य! मैं सोचती थी। आपको याद है, नौ वर्ष पहले कुरुजाङ्गल प्रदेश का एक क्षत्रिय यात्रा करता हुआ आया था। मैं उसका नाम भूल गई हूँ। परन्तु वह पार्श्वनाथ के अनुयायियों की हँसी उड़ाता था। वह पुराणकार ब्राह्मणों का मज़ाक उड़ाता था।''

शुद्धोदन ने याद करते हुए कहा : ''अरे वही न, जो कहता था कि प्राचीन काल में वानर, ऋक्ष आदि जातियाँ थीं, जिन्हें आख्यानों में अब बन्दर और रीक्ष लिखा जा रहा था। वह न? वह तो कहता था दक्षिण में यह अनार्य्य जातियाँ अभी तक हैं।''

''उस सबको छोड़ें आर्य्य!'' महाप्रजापती गौतमी ने कहा : ''मुझे उसकी एक बात याद रह गई है।''

''क्या आर्य्ये?''

''उसने कहा था कि प्राचीनकाल में युधिष्ठिर नाम का एक सम्राट था। चक्रवर्ती।''

''हाँ, हाँ, मैं जानता हूँ।'' शुद्धोदन ने कहा। मानो पुरानी बात थी।

''वह कहता था कि संसार का सबसे बड़ा आश्चर्य क्या है? संसार का सबसे बड़ा आश्चर्य है कि मनुष्य यह जानते हुए भी एक दिन उसे मरना है, मृत्यु को भूला रहता है!''

महाप्रजापती गौतमी की वही बात बार-बार सिद्धार्थ सोचता था। ऐसा क्यों होता है? क्या उसे भी मरना होगा ! यदि वह अभी मर गया तो ? पर मरना कैसा

होता है ! उसने कभी मरता आदमी देखा नहीं।

सिद्धार्थ ने महाप्रजापती गौतमी से पूछा था : "अम्ब! एक बात पूछूँ?"

"पूछ बेटा!"

"माँ, मरता हुआ आदमी कैसा होता है?"

महाप्रजापती गौतमी के नेत्रों में भय की छाया दिखाई दी। वे सहसा उत्तर नहीं दे सकीं। कहा : "पुत्र, तुझे मेरे संरक्षण में कुछ दुख है?"

"नहीं अम्ब!"

उन्होंने उत्तर नहीं दिया। आर्य्य शुद्धोदन के प्रासाद की ओर चली गईं।

सिद्धार्थ अकेला रह गया। उसका प्रश्न अधूरा ही रह गया था।

और उसका सत्य तो उस दिन कुछ-कुछ स्पष्ट हुआ था जिस दिन कुमार देवदत्त ने वन में आखेट करते हुए उड़ते हंस के बाण मारा था।

हंस घायल होकर गिरा था और फिर छटपटाने लगा था। सिद्धार्थ को लगा था वह एक यंत्रणा थी। क्या थी वह यंत्रणा? उसके भीतर जो संघर्ष करता हुआ दिखाई दे रहा था, वह क्या था? सिद्धार्थ ने दौड़कर हंस उठा लिया था।

इतना ही याद रह गया है कि उसके बाद चचेरे भाई देवदत्त का क्रोध उमड़ा था। दासियाँ फुसफुसाई थीं कि देवदत्त सिद्धार्थ से जलता था। संथागार तक बात पहुँची थी। वहाँ पिता शुद्धोदन का वात्सल्य नहीं था। शुद्धोदन का न्यायपरायण कठोर रूप था। शाक्यों के विशिष्ट खत्तिय (क्षत्रिय) खड़े थे। प्रश्न था—"हंस किसका?"

देवदत्त कहता था : "मैंने मेरा है, मारा शिकार है, मुझे मिलना चाहिए।"

सिद्धार्थ कहता था ' "मैंने बचाया है, अतः यह मेरा है।"

उस दिन राज्य, धर्म, संस्कृति, समाज, सब ही आधारों को दो किशोर बालकों की हठीली बहस ने दाँव पर लगा दिया था। देवदत्त खत्तिय था। और सिद्धार्थ! वह किस जीवन की बात कर रहा था। एक शस्त्र का राज्य था, दूसरा दया का, एक शक्ति का धर्म था, दूसरा प्रेम का । एक क्रूरता की संस्कृति थी, दूसरी करुणा की। एक स्वार्थ का समाज था, दूसरा परोपकार का। और शाक्यों के सामने गूढ़ प्रश्न था। किशोर भी तो साधारण कुलों के न थे! उनके ही लिए तो न्याय था।

दोनों की बहस चली थी। बीच-बीच में वृद्ध बोले थे। देवदत्त जीत ही चुका था, किन्तु सिद्धार्थ ने कहा था : "यदि मर जाता तो अवश्य यह देवदत्त का हो जाता, परन्तु जब यह हंस अभी तक जीवित है, तब इस पर मारने वाले का

अधिकार है, कि इसे बचाने वाले का अधिकार, इस पर उचित रूप से निर्णय हो।''

यह नया तर्क था। वृद्ध विह्वल हो गए थे।

एक ने धीरे से कहा था : ''जब महाकुल के किशोर में यह तर्क है तो प्रकट होता है कि गण के महासंमत वंशों में कितनी तर्कभीरुता घरों में चलती है। इन्हीं के कारण दासों के सिर उठ रहे हैं!''

सिद्धार्थ ने कहा था : ''पूज्य गणराज! दासों पर अत्याचार होते हैं। वे सिर उठाते हैं। हम उनके साथ किए हुए व्यवहार का यदि न्याय नहीं दे सकते तो उनका क्या अपराध! उदार धर्म! यही तो मेरे आचार्य बताते हैं। वे कहते थे कि सबसे ऊंचा उदार धर्म है!''

''सर्वनाश समझो!'' उसी वृद्ध ने कहा : ''खत्तिय संसार में सर्वोच्च हैं। उन्होंने ही मनु का रक्त बचाया है? ब्राह्मण, वैश्य और शूद्र केवल खत्तिय से ही दबते हैं। यह उदार धर्म क्या है? मैं देखता हूँ कुरु-पञ्चाल के ब्राह्मण ही भले हैं। वे भी खड्ग के विरुद्ध नहीं। यहाँ के गणों के क्षत्रिय तरुण दिन-दिन साधु होते हैं, घर छोड़ देते हैं, उन्हें जीवन में कोई तत्त्व ही दिखाई नहीं देता! मैं पूछता हूँ ऐसा क्यों होता है। जिन तीर्थंकरों और इन जटिलों की अहिंसा-अहिंसा की रट ने तो शाक्यों ही को नहीं, लिच्छवि, कोलिय, बलिय, मिथिला, सब में एक प्रचण्ड उदासी फैला दी है। अरे मनुष्यत्व क्या है? महाकुलों का अधिकार ही शाश्वत है। वह नष्ट हो गया तो संसार नष्ट हो गया।''

''ठीक है पूज्य राजा,'' सिद्धार्थ ने कहा था : ''मैं अनजान हूं, परंतु पूछता हूं देव! जीवन श्रेष्ठ है कि मृत्यु !!''

''जीवन!'' हठात् कई कंठों से निकला था।

''तब यह हंस मेरा है।'' सिद्धार्थ ने कहा था, और सचमुच वह संथागार से विजयी होकर लौटा था।

महासंमत वंशों में खलबली मच गई थी। वृद्धों ने कहा था : ''शाक्य क्या अब रक्तशुद्धि को रख सकेंगे? इसका क्या अर्थ है? यदि कोई दास को मारे और दास मरे नहीं तो क्या वह स्वतंत्र हो जाएगा?''

प्रश्न गंभीर था।

एक वृद्ध ने अपना उत्तरीय कन्धे पर लपेटकर कहा था : ''आर्य्य कुलों पर वैसे भी मगध और कौशल के बढ़ते एकतंत्रों की दृष्टि है। फिर यहाँ अपने ही नियम का न्याय ध्वस्त हो रहा है। मैं तो समझता हूँ यह श्रेष्ठियों के कारण है। श्रेष्ठि क्षत्रियों का अधिकार नहीं चाहते।''

"आर्य्य!" एक और ने कहा : "वे तो दासों के ठेके पर काम देते हैं। और धन के कारण उनमें सामर्थ्य आ गई है। वे तो अहिंसा चाहते ही हैं।"

क्षत्रिय हंसे। बोले : "वाणिय (बनिया) को खड्ग से डर लगता है, अतः उसकी निन्दा करता है।"

फिर ठहाका लगा।

वह सिद्धार्थ के चिंतन की पहली हलचल थी। महाप्रजापती गौतमी ने कहा था : "क्यों तात! तेरा विवाह किसी श्रेष्ठिकन्या से करा दें?"

उनके स्वर में हास्य-भरा व्यंग्य था। सब स्त्रियाँ हँस पड़ी थीं। सिद्धार्थ ने झेंपकर कहा था : "अम्ब! तुम मुझे क्या समझती हो! मैं असल खत्ती हूँ। चाहो तो राक्षस-विवाह कर सकता हूँ। बड़ा होकर, तुम जिस कन्या को कहोगे, उसीका हरण करके दिखा दूँगा।"

स्त्रियाँ खूब खिलखिलाकर हंस दी थीं। उन्होंने कहा था : "तात! अभी से हरण करना प्रारंभ कर दे न? देख यह रही एक।"

उन्होंने एक नौ साल की लड़की को दिखाया था। मज़ाक से झेंपकर सिद्धार्थ उस समय पुरुषों में चला गया था। वहाँ पुरुषों में सिद्धार्थ को कोई महत्त्व नहीं दिया गया था। वहाँ वह छोटा था। नये विचारक सिद्धार्थ की कच्ची बुद्धि ने नए-नए प्रतिबिंब ग्रहण किए थे। और उसे नया-नया ज्ञान कुछ विचित्र-सा लगता। पूर्ण युवती दासियाँ उसे अच्छी लगतीं। और उसने अनुभव किया कि स्त्रियाँ भी परस्पर जब मिलती हैं तो पुरुषों के बारे में रस ले-लेकर बातें करते हुए वैसे ही नहीं झेंपतीं, जैसे पुरुष आपस में मिलते समय स्त्रियों की बातें करते हुए नहीं झिझकते, नहीं अघाते। इनमें परस्पर आकर्षण क्यों होता है!

वह सोचता ! और जब युवती दासियाँ सिद्धार्थ को स्नान करातीं तब सिद्धार्थ को वह स्पर्श अच्छा लगता। उसकी देह सुगठित थी। उसे शिक्षक व्यायाम सिखाते, अस्त्र-शस्त्र चलाना सिखाते, प्रासाद के विशाल वन की पृष्ठभूमि में वह तुरंग पर चढ़कर हिंस्र पशुओं का आखेट करता। शिकारी कुत्ते भौंकते रहते, शृङ्गी बज़ा करती, सिद्धार्थ झपटता, और वह सब ऐसे ही बीत गया।

उसे याद नहीं आ रहा है कि कब वह बड़ा हुआ और कब वह सुन्दरियाँ नर्तकियाँ उसके मन को आह्लादित कर गईं। राजकुलों की मार्यादा यह भी तो थी!

महाप्रजापती गौतमी को मालूम हुआ था। उन्होंने राजा शुद्धोदन को सूचना दी थी : "आर्य्य! बधाई है!"

"क्यों?"

"पुत्र पुरुष हुआ।"

"देवी!" शुद्धोदन ने विभोर होकर कहा था : "सच कहती हो!"

महाप्रजापती गौतमी लज्जा से प्रासाद की एक दासी को छोड़कर चली गई थीं। शुद्धोदन ने दासी से पूछा था। दासी ने बताया था सिद्धार्थ अब सचमुच बड़े हो गए हैं। बाद में वह सिद्धार्थ के पास आई थी। वह स्वयं सुन्दरी थी। उसने कहा था : 'कुमार!"

"क्या है री!"

"आज्ञा हो तो एक बात कहूँ?"

"कह।"

"महाराज पूछते थे। कुमार पुरुष हो गए कि नहीं?"

"तूने क्या कहा?"

"मैंने कहा—नहीं। मैंने तो ऐसा कोई लक्षण नहीं देखा।"

"धूर्त ।" सिद्धार्थ ने कहा था।

उस दिन सिद्धार्थ ने उसे दासत्व से मुक्त करके प्रासाद में प्रबंधिकाओं में रख लिया था।

सिद्धार्थ उस स्मृति से व्याकुल हो उठा। दासी के वे विशाल नेत्र अन्धकार में आकर जलने लगे, बुझने लगे, जैसे पावस के दो जुगनू अनंत अन्धकार में उड़े जा रहे हों, उड़े जा रहे हों और उन्हें यह भी ज्ञान नहीं हो कि वे कहाँ जा रहे हैं...अज्ञात...अनिश्चित...परिचित...अछोर...

फिर वे नेत्र सिद्धार्थ के चारों ओर घूमने लगे।

फिर क्या हुआ था?

फिर वह रणन करती रशनाएँ, मुखरित होते मंजीर, क्वणन करते कंकण और प्रतिध्वनित होते नूपुर! हिम जैसी शुभ्र स्त्रियाँ! और सिद्धार्थ उनको देखता। उन स्त्रियों के कमल के स्वच्छदल से नेत्र जब फैलकर उसकी ओर देखते, तो रोम-रोम से विलास और उच्छरित आनंद मादक तृष्णा से आर्तस्फीट होकर झूमने लगता। और वे मांसल बाहु वे दृढ़ उन्नत कुच, वे स्निग्ध जंघाएँ, वे पीन नितम्ब...नारी...

अन्धकार गूँजने लगा मानो सब ओर से वही प्रतिध्वनि पुकारने लगी। उस कल्पना में लगा सिद्धार्थ सुन्दरियों में था। उष्ण आलिंगन में बद्ध था। और फिर

उन्माद शिरा-शिरा में उतरने लगा। वह कितना पूर्ण था। वह उन्माद कितना मादक था।

आखिर वह उतरा। लगा शून्य के हाहाकार से भी भयानक थी वह रिक्ति। वह सब अपूर्ण था। सामने केवल अश्वत्थ खड़ा था। पत्ते खड़खड़ा रहे थे!

सिद्धार्थ ने अनुमान किया। वह अति की समस्त सीमाओं को लाँघने के प्रयत्न में कहीं भी चला जाए, किन्तु उस वासना का अन्त कहाँ है?

यही तो उसने उस दिन सोचा था!

वह दीर्घ नेत्रों वाली तरुणी, जिसके सोने के रंग के शरीर पर यौवन अरुणोदय का उल्लास-सा लगता था, जिसको चलते देखकर लगता था कि सन्ध्या अपने आलक्तक लगे चरण धरती हुई सुवर्ण मेघ की दीप्ति से मनोरमा होकर रंग-बिरंगे वस्त्र पहने चली जा रही थी, जिसके नेत्र फिरते थे तो रूप के तोरणों की सृष्टि करके पलकें बन्दनवार झुलाती थीं, जिसके उन्नत कुचों को देखकर विक्षुब्ध मन आर्त्त पिपासा और असह्य तृप्ति से अपने-आप झंकृत होने लगता था, जिसके सघन नितम्ब देखकर लगता था जैसे रशनाक्वणन के बहाने से हंस कलकूजन करके किसी रहस्यमय पुलित भूमि पर सोने लगे हों, जिसकी क्षीण, किन्तु त्रिबली से शोभित देहयष्टि के मध्यभाग को देखकर लगता था, जैसे अनिंद्य यौवन का वह सुवर्णकिरणावलम्बित मेरुदण्ड अपने ऊपर और नीचे, सत्ता की दो अपूर्णताओं को मिलाकर एक किए देता था, जो जब मुस्कराती थी तो लगता था कि वे माँसल अधर अमृत के कलश के खुलते मुख की अपूर्व महिमा से आर्द्र हो गए थे, जिसके केशों की सघन राशि देखकर लगता था जैसे सघन राशि लहर-लहर बनकर किसी स्निग्ध भोर के मन्दस्मित शिखर पर बरस रही हो और फिर जंघाओं पर पड़े स्वच्छ श्वेत रेशम के आलोक में सुनहला दिन बनकर उसके चरणों के नखों में ऐसे समा जाती हो, जैसे अनन्त आकाश की कालिमा अपनी सत्ता के रहते हुए भी ऐसे मिट गई हो जैसे उस पर टिमटिमाते हुए उज्जवल और आलोकित अनेक सन्ध्यातारा उदय हो उठे हों।

वह कोलियकन्या भद्रा कापिलायिनी थी।

कली को देखकर जिस प्रकार समीरण झोंके खाने लगता है, उषा का उदय देखकर जिस प्रकार महाकांतार अपनी पक्षरूपी पंक्तियों के कलरव के द्वारा अपने व्याकुल आवाहन का प्रसार करता है, जिस प्रकार पावस की उमंग भरी नदी को

आते देखकर महासमुद्र आप्लावित होने की तृष्णा में गरजने लगता है, जिस प्रकार मेघराशि देखकर विजन और तप्त शैल मयूरों के निनाद के माध्यम से पुकारने लगते हैं, जिस प्रकार वसुन्धरा को देखकर असंख्य नक्षत्रों के दीप जलाकर विशाल आकाश अन्धकार की वासना से फैलने लगता है, उसी प्रकार भद्रा कापिलायिनी को देखकर सिद्धार्थ का वैभव, शक्ति, यौवन, सत्ता और समस्तीकरण का ऐक्य लरजने लगा था। ऐसा लगने लगा था जैसे इस भुवन भर में कुछ नहीं है, जैसे रात्रि में विराट् प्रासाद में बिना सुवर्णदीप के आलोक के अन्धकार ही अन्धकार है, जैसे एक लघु निर्झरिणी के बिना यह समस्त पृथ्वी एक विशाल मरु है, वैसे ही भद्रा कापिलायिनी के बिना सिद्धार्थ का जीवन व्यर्थ है। मन चाहता है, उसके मन को अपना बना ले। क्यों? वह नहीं सोच पाया था। उस समय एक पंचखण्डा प्रासाद, एक सतखण्डा प्रासाद, एक नौखण्डा प्रासाद, तीन में सिद्धार्थ विहार करता था। असंख्य सुन्दरियाँ उसे चारों ओर से घेरे रहती थीं। सारा दिन नृत्य-गीत में व्यतीत हो जाता। वीणा की एक झंकार उषा की पलकें खोलती और दूसरी झंकार रात की पलकें मूँद देती। आने वाला सूर्य स्त्रियों के सिर से सूखी फूल-मालाएँ गिरा देता, डूबता सूर्य नए कुसुमहार पहनाता, आने वाला चन्द्रमा जब स्फटिक जटित भीतों पर उतरता तो सुदरियाँ अपने चरणों पर किंकिणी का रणन प्रतिध्वनित करतीं। और डूबने वाला चन्द्रमा जब आकाश की अलसाई शय्या में खोने लगता, तो विलासिनी युवतियाँ अपने रात के जागे नयनों को शिथिलता से फिर मूँद लेतीं! वह अगरुधूम-सा फैलता विलास जो रोम-रोम को बींध रहा था, अब तीनों प्रासादों में झूमने लगा। ग्रीष्म ऋतु में संगमर्मर के विशाल प्रांगण, खुली छतें और सघन वृक्षों वाले उपवन में उल्लास थिरकता, वर्षा में रंगीन पत्थरों से जटिल प्रासाद में यौवन कभी बादल-सा गरजता, कभी उन्मत्त विलास थपेड़े मारता और केलि-कौतूहल बिजली की तरह कौंधने लगता, और शीतकाल में मदिरा के चषक के किनारे पर उफनते बुदबुद, काष्ठ की भीतों पर टँगे सिंहचर्मों और कम्बलों पर काँपती दीप-शिखाओं को; सुन्दरियों की रूप-शिखाओं की दीप्ति से ईर्ष्या से भर-भर देता। एक स्वर पर यौवन झूमता, दूसरे स्वर में झूमर एक अतीन्द्रिय चेतना का अप्रत्यक्ष उन्माद बन जाती, और भ्रदा कापिलायिनी की स्मृति असंख्य सुन्दरियों के चपल कमलों की पंक्ति जैसे नेत्रों की खुलती-मुंदती अपूर्व श्री में बार-बार सजीव हो उठती। दासों, सेविकाओं की भीड़े नीचे के खण्डों में रह जातीं। और गण राजा शुद्धोदन के महासम्मत क्षत्रिय कुल में उत्पन्न सिद्धार्थ कुमार जगमगाती सीपियों में काँपते मोती के समान उस विभोर आनन्द में तृष्णा बनकर डूबता हुआ

उच्छ्वास भर उठा था—भद्रा कापिलायिनी।

विह्वल-सा सिद्धार्थ बैठ गया। अश्वत्थ वृक्ष पर हवा थर्रा रही थी।

भीषण जल-वृष्टि हुई थी। तब रोहिणी नदी के तीर का एक वृक्ष आँधी में उखड़ कर गिर गया था। नदी में गिरकर वह विशाल वृक्ष जल का प्रवाह रोक रहा था। कपिलवस्तु के चारों ओर के खेत पानी से भरने लगे थे। निकट ही स्थित कोलिय नगर में जल का अभाव था। दासों को राज-पुत्र काम में लगाए हुए थे। वह उन्हें भीषण वृष्टि में नदी में कूदाते और पेड़ खिंचवाते। एक दास बह गया। दूसरे दास बचाने को बढ़े तो प्रभुवर्ग की कशा बजने लगी। हठात् सिद्धार्थ जल में कूद पड़ा था। उसने दासों के साथ वृक्ष में हाथ लगाया था।

वृक्ष खिंच गया था। किन्तु दासों ने सिद्धार्थ की जो जयध्वनि की थी वह सिद्धार्थ सुन नहीं पाया था। उस समय रोहिणी के दूसरे तीर पर एक रूप, शिखा जल रही थी। वह भ्रदा कापिलायिनी थी जो एकटक उसकी ओर देख रही थी।

सिद्धार्थ को लगा था कि वह आँधी, वह तूफान कुछ नहीं था। और फिर वह भीगता हुआ उसे देखता रहा था।

राजा शुद्धोदन ने जब सुना तो कोलिय राजा को सम्वाद भेजा। उसने कहलाया : ''हम भी खत्तिय हैं, आप भी खत्तिय हैं। हम सगोत्र हैं, फिर क्यों न परस्पर विवाह-सूत्र में अपनी सन्तान को बद्ध किया जाए?''

कोलिय राजा ने कहा था : ''खत्तिय पुत्रों को स्वयंवर मिलेगा, आर्य।'' और तुमुल निनादकारी सेनाओं के बीच में शस्त्रों और अस्त्रों का कौशल दिखा कर मदांध राजकुलों और प्रजा की असंख्य भीड़ को चमत्कृत करके, पटह और भेरी-निनाद से गूँजती रंगभूमि में सिद्धार्थ ने अपने पौरुष का प्रचण्ड पराक्रम दिखाकर, भ्रदा कापिलायिनी की वरमाला को अपने गले में डलवा लिया था। आकाश को हिला देने वाले मंगल निनाद से दिशाएँ काँप उठी थीं।

सिद्धार्थ भद्रा कापिलायिनी को ले आया था। उसके जीवन ने एक नया मोड़ देखा था।

आयुधगर्वी क्षत्रियों में आनन्द था। केवल देवदत्त के मन में खटक थी। नन्दकुमार प्रसन्न रहता था। क्षत्रियों के सामने महानता के दो ही लक्षण थे। या तो वह चक्रवर्ती सम्राट हो अथवा वह सर्वत्यागी हो। सिद्धार्थ के भीतर महान बनने की लालसा थी। किन्तु विवाह ने एक धक्का दिया। जब वह रथ में बैठकर

स्वयंवर के लिए गया था तब प्रजा की भीड़ देखकर अच्छा नहीं लगा था। प्रजा गन्दी थी, कुरूप थी। उसका जीवन क्या था? केवल राजकुलों के चाबुक खाकर जयजयकार करना। दयनीय! सेवक!!

सिद्धार्थ का मन उदास हो गया था। परन्तु जब भद्रा का रूप देखा तब वह उस सबको भूल गया था। वहाँ उसने शिल्प दिखाने में होड़ की थी। महासम्मतवंशीय कुमार का गौरव देखकर शाक्यों में उल्लास था। शुद्धोदन ने धीरे से अमृतोदन से कहा था : ''अनुज!''

''क्या है आर्य्य?'' अमृतोदन ने पूछा था।

''संभवतः ज्योतिषी की बात सत्य निकले। पुत्र मेधावी है और पराक्रमी भी।''

''यह चक्रवर्ती हो सकता है।''

''परन्तु गण में चक्रवर्तित्व कैसा होगा अनुज! पहले जब चक्रवर्ती थे तब एकतंत्र था। अब तो कुलों का राज्य है।''

''देव! क्षत्रिय कुलों को दूसरे की पराजय में यदि लाभ होगा तो गण किसी न किसी रूप में उस चक्रवर्तित्व को भी स्वीकार कर लेगा।''

''तुम ठीक कहते हो। परन्तु अभी यह बात कहो नहीं।''

''नहीं कहूँगा, आर्य।''

वह बात सिद्धार्थ ने सुनी थी तो हृदय में हलचल मच उठी थी। उसने महाप्रजापती से कहा था : ''आर्य्ये!''

''क्या है तात?''

''देवी! प्रजा दुखी है।''

''क्यों वत्स?''

''अम्ब, प्रजा के पास वस्त्र नहीं। दास दलित हैं। ऐसा क्यों है अम्ब? हमारे पास वैभव है, विलास है, सब कुछ सुन्दर है। परन्तु उनके पास कुछ नहीं है।''

''वह तो वत्स भाग्य की बात है। तू ही सोच। बहुत-से क्षत्रिय राजकुल के सम्पन्न युवक घर छोड़कर त्याग से जीवन व्यतीत करने के लिए संन्यास ले लेते हैं। उन्हें क्या कमी होती है? वे क्यों ऐसा करते हैं? तू बता सकता है?''

''भाग्य!'' सिद्धार्थ ने कहा था।

''भाग्य ही वत्स! यदि तूने पुण्य नहीं किया होता तो तू क्या इस परिवार में जन्म लेता? तू क्यों खत्तिय होता, तू खत्तिय भी होता तो इस महासम्मतकुल में क्यों जन्मता, किसी एकतन्त्रीय खत्ती के घर होता। तू अत्यन्त सुन्दर है। तू यदि

अच्छे काम करके न आया होता तो काना ही क्यों न होता?''

''तो इसका अर्थ है कि जो हो रहा है वह होकर ही रहेगा!''

''अवश्य वत्स!'' महाप्रजापति गौतमी ने कहा, ''मैं तो अधिक नहीं जानती। तेरे आचार्यों ने तुझे कभी नहीं बताया?''

''मैंने त्रिवेद पढ़ा है आर्य्ये!''

''उसमें क्या है वत्स?''

''उसमें तो ब्रह्मा ही सब कुछ है।''

''हूँ।''

''मैंने उपनिषद् का दर्शन भी सीखा है।''

''वह क्या कहता है?''

''वह भी यही कहता है। उसके अनुसार आत्मा और ब्रह्म ही है सब कुछ।''

''मैंने भी सुना है, वत्स। सभी राजकुलों में पुनर्जन्म माना जाता है। यह जिन तीर्थंकर, कहते हैं ब्रह्मा को नहीं मानते हैं।''

''हां, आर्ये! परन्तु आत्मा को मानते है।''

''क्या होता है तात वह! इतना तो मैं भी जानती हूँ प्राणी गर्भ में आता है और कर्मानुसार फल प्राप्त करता है।''

सिद्धार्थ सोचने लगा था।

''तू क्या ऐसा नहीं सोचता?''

''मैं नहीं समझता आर्य्ये। जो तुम कहती हो देखने को यह सब ऐसा ही लगता है। अन्यथा कोई सुखी और कोई दरिद्र क्यों होता है? अवश्य वह आत्मा की ही बात होगी।''

महाप्रजापती गौतमी ने मुस्कराकर कहा था : ''वत्स, विवाह हुआ है तेरा। तो आज कैसे ऐसी बात कर रहा है!''

सिद्धार्थ लजा गया था।

भद्रा कापिलायिनी के साथ पहली रात दीप के दोनों ओर देखते ही बीत गई थी। वह शरीर का मोह नहीं प्राणों का बन्धन था। तीन ऋतुओं के लिए बने तीन सुन्दर प्रासाद, असंख्य नितंबिनीपीनकुचा नारियाँ, नटियाँ, नाटक करने वाली सुन्दरियाँ, वाद्यों से गूँजते भवन-कक्ष, नृत्यों से प्रतिध्वनित होते प्रांगण, पुष्पों से फूलते हुए वनखण्ड, कमलों से आक्रान्त भव्य तड़ाग, महासम्पत्ति, दासों पर चलते हुए भौं के इंगित, उन्मत गजों पर चलते हुए सुवर्ण के हौदे, सैंधव तुरंगों पर चढ़े हुए

रत्नजटित रथ, गंध से मन को तृप्त करने वाले भोजन इन सब ने सुख दिया था। परन्तु भद्रा कापिलायिनी, प्रासाद की असंख्य भुक्त सुन्दरियों की अग्रमहिषी, मन को बाँधने लगी। दीप जलता रहा, रात ढलती रही, प्रीत पलती रही। आँखों में मन समर्पण के हाथ उठाकर पुकारने लगा और देर तक दोनों एक-दूसरे में डूबते रहे; कि कब सिद्धार्थ के होंठों ने भद्रा के अधूरे स्वप्नों से भरे नयनों को चूम लिया, कब वे नर-नारी के रूप में अपने-आप को भूल गए, वह केवल प्रभात में फेरे लगाती कोकिल ने गगन में गा-गाकर सुनाया, तब गन्धकुसुम मुस्कराए, नीहार बनकर उनके दाँत चमके, और भद्रा के अलग नेत्रों में से सिद्धार्थ ने फूटती हुई भोर देखी, वह नया जीवन था, नया स्नेह था।

वह मन की पिपासा थी, या शरीर के मांस की भूख थी, न स्त्री को लज्जा थी, न पुरुष को संकोच था। सिद्धार्थ भद्रा के माथे पर पत्रक रचता, वह अपने रेशमी कुन्तल उसके कन्धों पर फैलाकर आनता-सी मुस्कराती। मांसल यौवन कभी परिरम्भण से तृप्त नहीं होता।

और एक दिन भद्रा ने कहा था, मुस्कराकर अत्यन्त लाज से कहा था– "आर्य्यपुत्र!"

"क्या है भद्रे?"

वह लजा गईं थी।

महाप्रजापती गौतमी के पास जाते समय भ्रद्रा ने कहा था : "देव! सारे प्रासाद में बात चल रही है।"

"क्या हुआ आर्य्ये!"

"लोग कहते हैं कोलिय क्षत्रिया भद्रा तो मायाविनी है। वह इन्द्रजाल जानती है।"

"क्यों देवी?"

"वे कहते हैं शाक्य राजपुत्र सिद्धार्थकुमार सदैव इस स्त्री के पास रहते हैं। वे संथागार में दर्शक के रूप में भी नहीं आते।"

"बस !" सिद्धार्थ ठठाकर-हंसा था। उसने चषक में सुरा डालते हुए कहा था, "इतनी-सी बात! मेरा वहाँ जाने को मन नहीं होता आर्य्ये। वहाँ आनन्द नहीं है। वहाँ एक प्रकार का झूठा दम्भ है। वहाँ का अहंकार मुझे अच्छा नहीं लगता। वहाँ धन और शक्ति, बस इन दो ही का संघर्ष चला करता है। क्या है वहाँ? क्षत्रिय कुल के होने से ही, धन होने से ही वहाँ सदस्य निर्वाचित होता है। जब तक पिता हैं, तब तक मुझे इनकी आवश्यकता भी क्या है। भद्रे!" सिद्धार्थ ने दो घूँट

मदिरा पीकर कहा था : "वह सब झूठ है। वह सब एक प्रकार का बन्धन है।"

"तो आर्य्यपुत्र! फिर मुक्ति क्या है?" भद्रा ने पूछा था।

"तुम!!" सिद्धार्थ ने कहकर पूरा चषक गले के नीचे उतार लिया था।

भद्रा मुस्कराकर आगे बढ़ी थी।

"कहाँ जाती हो?"

"देव! मैं नीचे जाती हूँ। मुझसे मिलने कुछ शाक्य कुल नारियाँ आई हैं। आज हमारा उत्सव है एक!"

"तो मैं यहाँ अकेला बैठकर क्या करूँगा?"

"छिः, कोई सुनेगा तो क्या कहेगा?" कहकर भद्रा चली गई थी। सिद्धार्थ उठ खड़ा हुआ था। वह वातायन के पास जा खड़ा हुआ था। उस समय नर्तकियों में सर्वश्रेष्ठ सुन्दरी मन्जरिका आई थी। उसका अर्द्धनग्न शरीर, उसकी कुटिल आँखें, उसकी प्रति पग पर हचकोले खाने वाली क्षीण कटि, मानो पुरुष के साहस पर आक्रमण किया करते थे। उसने सिद्धार्थ के वक्ष पर सिर रख कर कहा था : "प्रभु! एकान्त में क्यों हैं?"

"देवी चली गई हैं।"

"तो मैं तो हूँ प्रभु? दासी हूँ। मुझ पर तो अब अनुग्रह ही नहीं रहा?"

"सिद्धार्थ के नेत्रों में एक मादकता थी। उस समय मन्जरिका ने कहा : "आर्य्यपुत्र! एक वस्तु माँगूं?"

"माँग मन्जरिका!"

"मुझे अपना यह कंकण दे दें आर्य्य!"

"क्यों?"

"उसे मैं पहन लूँगी तो जीत जाऊँगी। मैंने समस्त नर्तकियों से दाँव लगाया है। वे कहती थीं कि नहीं वह तो आर्य्या भद्रा कापिलायिनी का दिया कंकण है, आर्य्यपुत्र उसे नहीं देंगे!" कहकर उसने सिद्धार्थ को भुजाओं में भर लिया था।

सिद्धार्थ ने अज्ञात भाव से ही कंकण उतारकर दे दिया था।

सिद्धार्थ नौखण्डे प्रासाद से नीचे उतरने लगा था। वह सोच रहा था, क्या है मन्जरिका का जीवन! प्रभुवर्ग की सेवा। उसका अपना क्या है! उसका यौवन! भोग की एक सामग्री मात्र। अपनी ही सीमाओं में प्रतिद्वन्दिता की लघुता है और अपनी ही तृष्णा की मरीचिका है।

दण्डधर और प्रतिहारी प्रणाम करते हुए झुक-झुक जाते थे। नीचे देखा तो छन्दक सारथि दौड़ा-दौड़ा आया और बोला : "प्रभु! स्वामी!! महार्घ! आर्य्यपुत्र!!"

"क्या है छन्दक?" सिद्धार्थ ने कहा था।

"देव, कंथक तत्पर है।"

"कौन, वही अश्व! मेरे जन्म के दिन ही पैदा हुआ था न?"

"हाँ, देव! अब तो उच्चैः श्रवा लगता है।"

कुमार सिद्धार्थ हँसा। कहा : "क्यों रे! काल उदायी कहाँ है?"

"देव वे तो आजकल काशी गए हैं।"

"क्यों?"

"देव! उनके पितृव्य का एक सार्थ था, वह कुछ अटक गया है वहाँ, इसी से गए हैं। पहले तो देव काशी में ब्रह्मदत्त कुल था, तब गण था और अब तो देव एकराट् आ गया है न वहाँ!"

"अच्छा, अच्छा!" सिद्धार्थ ने कहा, "रथ ले आ! मैं उपवन चलूँगा।"

"जो आज्ञा प्रभु!" छन्दक ने प्रसन्न होकर कहा।

तीन दास सिद्धार्थ के चरणों के उपानह बदलने लगे। दो दौड़कर छोटा किरीट उतारकर रत्नजटित ऊँचा मुकुट बाँधने लगे। तब एक दासी ने उसके गले में उत्तरीय बदल दिया।

सिद्धार्थ को लगा कि जीवन अब प्रारम्भ हुआ था। आज पहली बार वह महासम्मत कुलीन क्षत्रिय स्वतन्त्रता से निकला था। महार्घ उत्तम अलंकारों से शोभित रथ को सैंधव तुरंग—अपने श्वेत शरीर को फड़काते हुए, बढ़ा चले। चार घोड़ों के सम पर उठते-गिरते सुमों की आवाज जब कपिलवस्तु के पक्के पथ पर उठी तो दास रथ में आगे-पीछे चिल्लाते हुए भागने लगे और सैनिक अपने दण्डों से प्रजा को पथ से धक्के दे-देकर हटाने लगे।

सिद्धार्थ ने कहा : "छन्दक! इनको लौटा दे। केवल मैं और तू चलेंगे।"

"देव! महाराज अप्रसन्न होंगे। कुल की मर्यादा यही है।" छन्दक ने कहा।

उस समय पथ पर प्रजा ने सिद्धार्थ का नाम लेकर जयध्वनि की। गण राजा का अत्यन्त सुन्दर पुत्र आज उन्हें दर्शन देने निकला था। स्त्रियाँ फूल बरसाने लगीं।

"देव!" छन्दक ने कहा : "संथागार की ओर चलूँ? वहाँ आज राजपुत्रों में किसी विषय पर बड़ा विवाद है। लिच्छविगण के कुल अपने रंग पहनकर आए हैं।"

"नहीं।"

"तो देव और इस कपिलवस्तु में क्या है जो फिर स्वयं उठकर आपके प्रासाद में नहीं आ सकता?"

सिद्धार्थ ने कहा था : "उपवन चल।"

"जो आज्ञा महाप्रभु!" छन्दक ने कहा था।

रथ भाग चला था।

अचानक सिद्धार्थ थर्रा गया था। सामने एक जर्जर आदमी पथ के बीच खड़ा था। उसके मुंह में दाँत नहीं थे, सिर के बाल सफेद थे, बहुत कम थे। उसका शरीर झुक गया था। आँखें धुँधली हो गई थीं। हाथ में लकड़ी थी, जिस पर वह काँपते हुए अपने को सम्भालने की चेष्ठा कर रहा था। हटना चाहकर भी वह हट नहीं पाया था, क्योंकि बहुत निर्बल था। उसके शरीर पर जैसे चमड़ा भर रह गया था।

सिद्धार्थ ने देखा, तो पूछा : "छन्दक!"

छन्दक उस स्वर को सुनकर डर गया। कहा : "आर्य्यपुत्र!"

"सौम्य! यह कौन पुरुष है?"

"देव! यही बुढ़ापा है।"

"बुढ़ापा क्या सारथि? क्या यह भी दारिद्रय की ही कोई यातना है?"

"नहीं आर्य्य!" छन्दक ने मुस्कराकर करुणा भरे नयनों से कुलपुत्र के अज्ञान को पहचाना और कहा : "देव! यह जरा है, और इसके सामने दरिद्र और धनी दोनों समान हैं।"

"छन्दक!!!" सिद्धार्थ ने आकुल कण्ठ से कहा : "तो क्या सब का यही अन्त है?"

"हाँ आर्य्य! जब यौवन चला जाता है, तब एक दिन सब ही इस वार्द्धक्य में जबड़ों में जा फँसते हैं। तब शरीर काम नहीं करता, आँखों को दिखता नहीं। अन्न चबाने के लिए दाँत नहीं रहते और अनेक प्रकार के कष्ट उठ खड़े होते हैं। किसी तरह मनुष्य अपना जीवन व्यतीत करता है।"

"तो क्या धनी भी एक दिन वृद्ध बन जाने पर यही कष्ट भोगते हैं?"

"हाँ, आर्य्य! जन्म लेने वाले इस दशा को भी प्राप्त होते हैं!"

हठात् सिद्धार्थ ने कहा : "छन्दक!"

"आर्य्य!"

"रथ लौटा ले।"

"कहाँ चलूँ देव?"

''प्रासाद!''

मानो, मानो प्रासाद उस वास्तविकता की भयानकता के विरुद्ध एक पलायन था। वहाँ तो ऐसा कुछ नहीं था। छन्दक ने लगाम खींची, घोड़ों को मोड़ा और रथ प्रासाद की ओर लौट चला।

जिस समय सिद्धार्थ रथ से उतरा उसका मुँह उतरा हुआ था। राजा शुद्धोदन ने देखा तो कहा : ''तात!''

सिद्धार्थ ने अवाक् दृष्टि से देखा।

''क्या हुआ वत्स! तू कहाँ गया और क्यों लौट आया?''

सिद्धार्थ ने उँगली उठाकर शुद्धोदन की ओर न देखकर सुदूर से आने वाले स्वर में कहा : ''आर्य्य? आप भी...आप भी, पितृव्य अमृतोदन भी...और अन्त में मैं भी...''

''क्या हुआ वत्स!'' राजा चौंक उठा।

''पिता!'' सिद्धार्थ ने कहा और फिर बड़बड़ाया : ''महाप्रजापती गौतमी भी और फिर एक दिन भद्रा कापिलायिनी भी...''

शुद्धोदन की हड्डियाँ काँप गईं। बोला : ''पुत्र, क्या हुआ?''

''कुछ नहीं आर्य्य!'' सिद्धार्थ ने कहा : ''आपको चिंता नहीं होती?''

''किसकी?''

''जरा की?''

''कौन जरा!''

''बुढ़ापा! जो आने वाला है।''

''आने वाला है?'' राजा शुद्धोदन ने कहा और वह समझ गया। उसने कहा, ''पुत्र, कुछ कहते हैं वह आने वाला नहीं है, वह तो है, बस प्राणी विशेष आयु के साथ धीरे-धीरे उसके राज्य में प्रवेश करते हैं और फिर वह दूसरे लोक को पहुँचा देता है। कुछ कहते हैं कि जिस प्रकार फल कच्चे से पकता है अन्त में प्राणी उसी प्रकार पक जाता है। परन्तु तू डर क्यों रहा है, तू इतना उद्वेलित क्यों है?''

शुद्धोदन के राजनीतिक मुख पर पुत्र के प्रति ममता थी।

''मैं डरता नहीं!'' सिद्धार्थ ने कहा, ''मैं डरता नहीं आर्य्य, मैं सोचता हूँ। मैं सोचता हूँ।''

''तू व्यर्थ सोचता है, वत्स!'' शुद्धोदन ने कहा : ''यह सृष्टि का नियम है।''

''पिता! यह धनी-दरिद्र की बात नहीं है।''

''क्यों?''

"धन तो कर्मफल से मिलता है, वह यातना तो केवल दरिद्र की है, यही मैं सोचता था, परन्तु यह तो उच्चकुल की भी आपत्ति है!"

शुद्धोदन ने कहा : "पुत्र! व्यवहार में ही हम ऊँचे और नीचे कुल हैं, किन्तु यह व्यवहार संसार को अनर्गल होने से बचाने के लिए है, संस्कृति और धर्म की रक्षा के लिए आवश्यक है। यदि क्षत्रिय कुल इस प्रकार दासों को नहीं रखें तो क्या हो, जानता है? यह अशिक्षित बर्बर लोलुप दास हमें खा जाएँ। यदि हम क्षत्रिय व्यापार पर अंकुश न लगाएँ तो यह वाणिया हमें खरीद ले। यदि हमारे क्षत्रिय दार्शनिक नियम निर्धारित न करें तो कुरुपंचाल की भाँति ब्राह्मण हमारे सिर पर छा जाएँ। यदि हम सगोत्र विवाह कर के अपने कुलों को बचाने का यत्न न करें तो यहाँ के अनार्य्यों का रक्त हमारी सन्तान में घुसकर, उसकी रक्त-शुद्धि बिगाड़कर, हमारे उठे हुए जीवन के स्तर को गिरा दे। किन्तु यह तो समाज का रूप है। व्यक्तिरूप में तो जिसने जन्म लिया है, वह अवश्य ही वृद्ध होगा।"

सिद्धार्थ सोचता रहा। कहा : "पिता! इस प्रासाद में सब कुछ सुन्दर है। बाहर का संसार इतना बुरा क्यों है? क्या यह सब करने वाला ब्रह्म है?"

शुद्धोदन हँसा। कहा : "पुत्र! यदि ब्रह्म यह सब करता तो कुरुपंचाल के एकराट् और हमारे गणों में भेद ही क्या होता! गणों के क्षत्रिय ब्रह्मा को नहीं मानते। ब्रह्म ब्राह्मण का दर्शन है। उसकी स्वीकृति का अर्थ ब्राह्मण का क्षत्रिय से भी ऊँचा स्थान होना। तू क्या नहीं जानता कि लिच्छवि और शाक्यों के पूर्वज इक्ष्वाकुवंशीय क्षत्रिय पहले अयोध्या में एकतन्त्र शासक थे जो समिति के साथ शासन चलाते थे। विलासी राजा अग्निवर्ण के बाद उच्चकुलों ने गण बनाया और संभाल लिया। शाक्य और लिच्छवि दो विशेष महाकुल थे, और आज उनके अनेक उपकुल हैं। जहाँ मिथिला में विदेह नाम से राजा सिंहासन पर बैठता था वहाँ अब गण है। यह सब गण और पश्चिम के मद्र, वाल्हीक, यौधेय, सौवीर, यह सब गण भी आर्य क्षत्रियों की रक्तशुद्धि के अन्तिम प्रयत्न हैं। जम्बूद्वीप की अनार्य्य परम्पराओं के कारण..."

सिद्धार्थ ने काटा : "देव! यह दासों की परम्परा, यह आर्य्य है या अनार्य्य?"

"पुत्र! संस्कृति, कुल-रक्षा और सम्पत्ति-रक्षा के लिए यह परम्परा खड्ग के बल पर जीवित रखी गई है। यह आर्य्य या अनार्य्य नहीं, यह एक आवश्यक परम्परा है।"

"आर्य्य!" सिद्धार्थ ने कहा, "क्या दास मनुष्य नहीं होता?"

शुद्धोदन घबराया। कहा : ''मनुष्य तो सब होते हैं परन्तु रक्त का भेद होता है। हम ऊँचे हैं।''

''देव! क्या हम ही ऐसा कहते हैं, या वे भी मानते हैं?''

''नियम बनाना तो हमारा अधिकार है, तात!''

''तो ब्राह्मण जब हमसे अपने को ऊँचा कहते हैं, तो गण के क्षत्रिय क्यों स्वीकार नहीं करते?''

''पुत्र! ठीक कहा। जब ब्राह्मण शासक थे, तब वे ऊँचे थे। फिर ब्राह्मण क्षत्रिय संघर्ष हुए, फिर मित्रता हुई, तब ब्राह्मण भिखारी बना, परन्तु धर्म का स्वामी रहा और क्षत्रिय? वह राजा था। और जानता है फिर क्या हुआ? ब्राह्मण ने अपनी रक्षा के लिए जगह-जगह अनार्य्य देवी-देवताओं और अनार्य्य पुरोहित समूहों को ब्राह्मण मान लिया, और रक्तशुद्धि को नष्ट करने लगा। उस समय हमने ही गणों में महासम्मत कुला के शुद्ध रक्त की रक्षा की है। हमने ब्राह्मण के वेद को नहीं माना, हमारे क्षत्रियों का अपना दर्शन है। हम सर्वश्रेष्ठ हैं, हमसे ऊँचा कोई नहीं।''

सिद्धार्थ चुप हो गया। शुद्धोदन ने कहा : ''पुत्र! यह सब चिन्ता न कर! जीवन में जो मिला है उसे भोग। तू मेरा सबसे प्रिय है!''

सिद्धार्थ भीतर चला आया था। और जब विशाल प्रकोष्ठ में पहुँचा था। उसे लगा था, वह शिथिल था। भद्रा कापिलायिनी शाक्य कुलनारियों के साथ थी।

सिद्धार्थ ने पुकारा : ''पिंजरिका!''

''देव!'' वह दौड़कर आई, ''आज्ञा!''

''मुझे प्यास लग रही है।''

वह मदिरा-पात्र ले आई। तीन चषक पीकर जब सिद्धार्थ ने कहा : ''और दे पिंजरिका, अभी मेरी प्यास नहीं बुझी।'' तब वह चौंकी। कहा : ''आज यह प्यास बुझेगी भी कैसे आर्य्य! यह यौवन की प्यास है।''

पिंजरिका ने उसके पास बैठकर उसके कन्धे को अपने हाथ में घेर लिया। उसका वह सुगन्धित अर्द्धनग्न शरीर, जिससे रूप की किरणें फूट रही थीं और एक-एक अंग पूर्ण सुडौल और मादक था, अब वह सिद्धार्थ को फिर लुभाने लगा। सिद्धार्थ ने उसके सिर के बालों में सुगन्धित फूल खोंसते हुए कहा : ''तू कितनी सुन्दर है!''

पिंजरिका विह्वल हो गई थी। वह शिथिल होकर शैया पर लेट गई थी और लज्जा उसके कपोलों पर अपने-आप खेलने लगी थी। सिद्धार्थ शैया पर बैठ गया था। परन्तु अचानक उसे लगा वह कहीं विचित्र स्थान में आ गया था। उसने कहा, ''पिंजरिका! पिंजरिका!!''

"क्या आर्य्य?" पिंजरिका ने आतुर कण्ठ से कहा।

"पिंजरिका तू अच्छी है। तू सुन्दर है। पर क्या तेरा रूप भी बुढ़ापे में नष्ट हो जाएगा?"

सिद्धार्थ ने मुँह छिपा लिया और वह भाग चला। सिर भिन्ना रहा था। पिंजरिका पीछे भाग चली। सिद्धार्थ जाकर गृहवापी में कूद पड़ा। शीतल जल के स्पर्श ने उद्वेग कम किया। जब वह भीगा हुआ निकला तब भीगी हुई पिंजरिका निकली और सिद्धार्थ के वक्ष से जा लगी। सिद्धार्थ भूल गया और उसने पिंजरिका के साथ फिर जल में क्रीड़ा करने के लिए प्रवेश किया।

वापी के चारों ओर इस समय अनेक सुन्दरी तरुणियाँ आकर नृत्य-गीत में डूबी हुई वासना की हिलोरें उठा रही थीं। कई जल में कूद गईं और सिद्धार्थ उन सुन्दरियों के बीच में विलास-मग्न ऐसा दिखाई दिया जैसे हथिनियों के बीच गजराज जल विहार कर रहा हो। बाजे बजने लगे। उन नग्नप्राय विलासिनी स्त्रियों ने सिद्धार्थ की वेदना को हल्का कर दिया।

वह सब राजा शुद्धोदन ने भेजी थीं।

जल से निकलने पर वह नर्तकियाँ सिद्धार्थ को ले गई थीं। अपने प्रकोष्ठ में भद्रा कापिलायिनी आ गई थी। वह रात्रि-सज्जा कर रही थी। सिद्धार्थ ने भद्रा के पास बैठ कर कहा था : "प्रिय! आज तुम्हारा प्रसाधन मैं करूँगा।"

भद्रा मुस्करा दी थी कहा था। : "फिर दासियाँ और दास क्या करेंगे आर्य्यपुत्र?"

"सारा संसार दुखी है भद्रे।" सिद्धार्थ ने कहा था, "आओ आज तुम्हारे केशों को गूँथते हुए मैं सब कुछ भूल जाऊँगा!"

आसक्ति जीवन का विभ्रम है या तृप्ति, यह तो युगों का प्रश्न है। सिद्धार्थ बैठा था। सामने भद्रा कापिलायिनी थी। नेत्रों के भीतर से रहस्य के पर्दे उठते रहे, और रूप में असंख्य नाटक अपने सुखान्त और दुखान्त अभिनयों से यौवन को झकझोरते रहे। कुसुम से भी कमनीय वह अंग छूकर सिद्धार्थ के अणु-अणु में एक सान्त्वना फैली थी किन्तु वह कहीं अन्त को प्राप्त नहीं हुई थी; वह ताप था, उसको क्रमशः का विकासमात्र कहा जा सकता था। और भद्रा की विस्मृति उसकी लज्जा के आवरणों में शील के नाम से ढकी ही रही; दास-दासियों की उपस्थिति आई और चली गई, ऐसे ही जैसे पक्षी आकाश में उड़ गए। वह पुरुष था, वह नारी थी।.स्त्री को अपने सौन्दर्य का अभिमान था, पुरुष उत्सुक जिज्ञासु था। पुरुष ने

स्त्री को रहस्य समझा था, और स्त्री ने पुरुष को अपने लिए एक रहस्य मानकर भी इसकी स्वीकृति नहीं दी थी। नारी का विलास उसका संकोच था, जिसकी प्रतिक्रिया में पुरुष सकर्मक था। पुरुष को यह कर्त्तव्य नारी ने दिया था, अपने को चुप बनाकर और दोनों ने एक-दूसरे को अर्धवृत्तों की भाँति मिलाने के लिए, यह विभिन्न धर्म स्वीकार किए थे। यह क्यों था, कोमलता कठोरता को आवाहन देती थी, अपने मौन से; और कठोरता का समर्पण अपनी गौरवशीलता को भूलकर होता रहा था। वहाँ सन्ध्या रात बन गई थी और आकाश ने महाशून्य की ऊँची प्राचीरों और प्राकार पर विजय-दीप जैसे अगणित नक्षत्र जला दिए थे। वह देह का मिलन था, पूर्ण था। उसमें एक उद्वेग, उद्वेग जिसकी चरम अभिव्यक्ति एक-दूसरे में गर्जनवती होकर भी, लयात्मकता थी। भद्रा के लिए वह इतना ही अपने ढंग से स्वाभाविक, सहज और प्राकृतिक था, जितना सिद्धार्थ के लिए वह सब अपने पक्ष में था। केवल विकृत दृष्टिकोण ही उस सहज को खण्डित करता था, अन्यथा, वह उतना ही शाश्वत था, जितना पूर्णचन्द्र को देखकर उन्मत्त होकर खलबलाने वाले समुद्र का अनन्त विस्तार।

प्यास अपूर्णता थी। उसकी तृप्ति एक माध्यम ही थी, क्षणिक तृप्ति थी। जैसे प्यासा के लिए पानी था, किन्तु वह एक बार की प्यास एक बार बुझाता था। और फिर भी प्यास लगना स्वाभाविक ही तो था। वह प्यास, रोम-रोम में थी।

रात्रि में मंगल बाद्य बजे थे। और भी सब हुआ था, परन्तु वह सब नहीं के बराबर था;

वह चेतना तो अमृत्यु थी। अमर थी। बुढ़ापे के भय को यौवन अपनी अनेक राहों से काट रहा था।

भोर हो गई थी। शैया के गन्धित कुसुम अंगों में मर्दित पड़े थे। अंगराग विचूर्णित होकर बिखर गया था। मोती के हार टूटकर गिर गए थे और भवन-मयूर अब ऊँचे गृह-शिखर पर बैठा था, गर्दन दबाकर मोटी-सी करके बार-बार आकाश देखकर कूक उठता था।

सिद्धार्थ ने भद्रा को उठने नहीं दिया था। भोर की शीतल वायु अंगों के ताप को सुखद सांत्वना दे रही थी। वातायन से दिखते गृह तड़ाग के विस्तार पर झुण्ड के झुण्ड सफेद मांसल कमलों ने अपने स्निग्ध दलों को सूर्य की कोमल किरणों के स्पर्श से भड़का दिया था, मानो वे विवश थे, वायु पर उड़ते पराग को पकड़ लेने को जैसे वे पीली और श्वेत कमर के भ्रमर इधर-उधर गुनगुनाते हुए उड़ रहे थे।

किन्तु वह पूर्ण तृप्ति क्या हुई! नारी के लिए विकास का क्रम बना। पुरुष के शरीर की तृप्ति पूर्ण हुई तब मन के अभाव मिटे। परन्तु फिर अहं का आगमन हुआ, जिसने अब अपने को सीमाओं में, संकोचों में, रखकर सोचना प्रारम्भ किया। नारी ने अपनी शक्ति और पुरुष के ओज को संचित करके नई गरिमा धारण की और वसुन्धरा का प्रतीक हुई और अपनी सफलता की अभिमानिनी भावना का अनुभव किया, किन्तु पुरुष बाण छूटी हुई प्रत्यञ्चा के समान झनझनाता रह गया। उसे अपनी पूर्णता अपने द्वारा होने पर भी, अपने माध्यम से होती नहीं मिली। वह अपने को निरीह अनुभव करने लगा। उसकी आसक्ति का विभाजन हुआ। नारी ने पुरातन के स्थान पर नवीन को अधिक प्रश्रय दिया क्योंकि वह जो उसका नहीं था, जब उसने पाया तो अपना बना लिया और वह सब फिर उसे अपना ही लगने लगा, अपना, अपनी पूर्णता का बिम्ब, समानधर्मा सादृश्य लगने लगा। उसने उसे फिर से नया बनाकर प्रस्तुत करने की आद्या सृष्टि जैसा महान कार्य अपने भीतर समेट लिया। वह अपनी पूर्णता का विकास करने लगी।

सिद्धार्थ का मन अतलांत में ऊभचूभ होने लगा।

महाप्रजापती गौतमी ने कहा : ''आर्य्य! गण के राजा हैं, कुछ गृह की ओर भी ध्यान दें।''

''कहो देवी!'' राजा शुद्धोदन ने कहा।

''सिद्धार्थ को देखा है?''

''क्यों, क्या हुआ?''

''मुझे अनमना-सा लगता है।''

''राजकुल का उत्तराधिकारी है वह!''

''मैं इसीसे कहती थी।''

''क्या खेद है उसे?''

''मैं नहीं जानती। वह अब उतना आनन्द नहीं पाता।''

''क्या स्त्रियाँ अशक्त हो गईं?''

महाप्रजापती गौतमी मुस्कराईं।

शुद्धोदन ने कहा : ''एक दिन आता है जब सब मनुष्य सोचते हैं कि यह संसार क्या है। आर्य्ये! यह पुरुष का शाश्वत दम्भ है। सब भूल जाते हैं, वह भी भूल जाएगा। आजकल बड़ी मुसीबत है।''

''क्या है आर्य?''

"वही मगध से खानों के पीछे चक्कर पड़ता है। पसेनदि की भी आफत है। अभी वह मूर्ख तरुण है। नया रक्त है उसमें। अपने सामने कुछ समझता थोड़े ही है। फिर ठहरा एकराट्!"

"श्रेष्ठि आपणक का सार्थ लौट आया?"

"हाँ, अबकी बार तो उसने बड़ा धन कमाया।"

"यवन देश गया था?"

"गया था। वहाँ से बड़ी दासियाँ भी लाया है।"

"तुम क्यों नहीं अपने लिए कुछ ले लेते?"

"मैं भी देखूँगा।"

"मैंने सुना है, निगंठ नातपुत्त पावा के मल्लों में आया है।"

"हाँ, उसका तो दार्शनिक आलारकालाम और उद्दक राजपुत्र से भी अधिक सम्मान हो रहा है। वैशाली के संथागार में तो सुनते हैं क्षत्रिय दिनभर विवाद करते हैं। बड़ी ज्ञान-चर्चा रहती है। देवी एक बात तो माननी होगी।"

"क्या आर्य्य?"

"ब्राह्मणों का प्रभाव अभी भी है। ब्राह्मण पढ़ते-लिखते तो हैं।"

"सो क्यों नहीं।" महाप्रजापती गौतमी ने कहा, "पर यह कहो, अपने दासों के गांवों में तो सब ठीक है?"

"क्यों पूछती हो?"

"यही सिद्धार्थ के लिए कहती थी।"

"क्यों?"

"वह कोमल हृदय है।"

"कोमल हृदय तो कई क्षत्रिय हैं। मुझे लगता है देवी! यह तरुण अपना सन्तुलन खो बैठते हैं! और यह संन्यास तो क्षत्रियों का रोग हो गया है! क्या हमारा जीवन अपना न्याय ही ढूँढ़ता रहेगा! क्या करूँ? यह वैभव कैसे रहेगा? दासों को मुक्त कर दूँ?"

"एकराट् में तो दास नहीं के बराबर ही हैं आर्य्य। जो हैं सो घरेलू दास है?"

"स्त्री तो वहाँ एक के हर्म्य में देखो कई हैं। चार-चार रानियां होने लगी हैं।"

"हमारे यहां तो एक रानी का नियम है आर्य्य! दासियाँ क्या वैसा सम्मान पा सकती हैं? यह तो नर्तकियाँ हैं। इनका क्या? जाने किस-किसका वीर्य धारण करती हैं। कुल-शुद्धि कहाँ है?"

वह बात फिर बन्द हो गई थी। सिद्धार्थ ने सोचा था : फिर भी क्या दास दास नहीं है? नारी दास होकर क्या स्त्री नहीं है? और यह उलझन क्या है? आत्मा का ही तो पुर्नजन्म बताया जाता है! तो क्या दास ही स्वामी भी बनता है दूसरे जन्म में? तो क्या आत्मा रक्त से बड़ी है? रक्त से बड़ी? रक्त क्या समान नहीं है? यदि नहीं है तो आत्मा ही कहाँ है? सिद्धार्थ घबरा उठा था। वह समझा नहीं था।

महाप्रजापती गौतमी ने कहा था : "भद्रे कापिलायिनी!"

"आज्ञा आर्य्ये!" भद्रा ने कहा था।

"अरी, तेरा पति क्या सोचता है?"

"मैं नहीं जानती देवी।"

"तुझसे बात नहीं करता?"

"करते हैं?"

"क्या कहता है?"

"वे कहते हैं संसार में इतना दुख क्यों है?"

"भला, वह क्या करना चाहता है?"

"दुख मिटाना चाहते हैं।" भद्रा ने हँसकर कहा था।

"उसे क्या दुख है? गर्भ धारण करने को तू है, विलास को असंख्य युवतियाँ हैं, पीने को मदिरा है, खाने को सुवासित माँस, आखेट के लिए वन्यकों का साथ है, युद्ध के लिए पड़ोसी एकराट् है, असंख्य वैभव हैं, बाड़ों में जितने सूकर हैं, उतने ही दासों के ग्राम हैं। फिर उसे क्या दुख है? खत्तिय का पुत्र है, उसे चाहिए ही क्या?"

भद्रा मुस्कराई थी। कहा था : "तुमने और उनके पिता ने पुत्र को कन्या की भाँति बन्दी बनाकर पाला था कि कहीं संसार की आँख न लग जाए। अब वैभव की अति से वे ऊबते हैं तो संसार को देखकर घबराते हैं। उन्हें सब कुछ व्याकुल करता है।"

"तू नहीं समझाती?"

"क्या समझाऊँ? पुरुष की जिज्ञासा तर्क से कब बुझी है, आर्य्ये! वह सबका मूल तो अपने को समझता है। हम सबको तो वह अपनी सामग्री गिनता है।"

"क्या कहती है भद्रे! कुछ भी हो, स्वामी तो वही है। स्त्री क्षेत्र ही तो है। वह क्षेत्रज्ञ न हो तो काम कैसे चले?"

''देवी क्षेत्रज्ञ न हो तो काम कैसे चले?''

''देवी क्षेत्रज्ञ खड़ा कहाँ होगा, यदि क्षेत्र ही न हो। मैं पूछती हूँ, बता सकती हो?''

''अरी, तू मुझसे बहस करती है। उससे नहीं कहती?''

भद्रा कापिलायिनी ने कहा : वे मुझे बहुत चाहते हैं, देवी। परन्तु सोचते हैं तो क्या हुआ। पुरुष में सबसे बड़ी निर्बलता होती है कि सारे जीवन में वह एक ही प्रयत्न करता है।''

''वह क्या?''

''कि अपनी बुद्धि से नारी को आतंकित कर दे, ताकि शयनकक्ष में जब नारी चतुराई से चुप बैठ जाती है और वह काम से आहत उसके सामने लघु बनता है, सम्भवतः उसके बाद जो उसे हीनत्व का अनुभव होता है, उसे किसी प्रकार ढक दे।''

''तो तू क्या यह कहती है कि स्त्री को पुरुष की चाहना नहीं होती? तू पुरुष को आकर्षित नहीं करना चाहती?''

''देवी! यदि न चाहती तो इतने श्रृंगार क्यों करती। मुझे तो उसमें सुख मिलता है। परन्तु पुरुष इस सबको इतना विचित्र समझता है, नारी उसे सहज बनाकर स्वीकार करती है। वह बाद में शोक नहीं करती क्योंकि स्वामिनी बन जाती है। पुरुष को लगता है वह दीन है, फिर ढोंग दिखाता है। मैं आज तक यह नहीं समझ पाई कि जब जीवन में हम दोनों मिलकर ही पूर्ण बनते हैं तो परस्पर यह द्वन्द्व क्यों आता है! स्त्री आखिर कितना समर्पण करे! पुरुष अपने को अलग से क्यों सोचता है! नारी में से आता है और फिर नारी को अपना भोग्य समझने लगता है। मैं क्या करूँ! क्षत्रियों में यह अजीब बात है, संसार का दुख तो है ही। यह तो देवी, कर्मफल से मिलता है। इसमें कोई क्या करे? उस दुःख को मिटाने को पुरुष उठता है और फिर व्यक्ति में डूब जाता है।''

''तू नहीं जानती, भ्रदा! तू अभी युवती है। क्यों री, तू अभी तक माता नहीं बनी?''

''वह मेरे हाथ की बात है क्या?''

'अरी, पुरुष को संतान बाँधती है।''

''देवी, जो स्त्री से न बँधेगा वह सन्तान से क्या बँधेगा। जिसने अपनी सत्ता को इतना एकान्तिक बना लिया कि अपने आनन्द के पूरक साधनों, अपने विकास के रास्तों को भी अपना बन्धन मान लिया, जिसने अपने को माध्यम न समझकर

अपने में ही अपना अन्त समझ लिया, उसकी तो मुक्ति ही बन्धन है। देवी मैं कोलिय खत्तिया हूँ। मेरे घर भी मेरे भाई, सम्बन्धी जो पुरुष हैं, वे भी बड़ी ज्ञान-चर्चा करते हैं, परन्तु मेरी भाभी एक लिच्छवि खत्तिया है। उसने मेरे भ्रातर को ऐसा मुट्ठी में किया है कह नहीं सकती। स्त्री यदि कुटिलता पर आ जाए तो यह पुरुष बाहर ही बाहर ज्ञान बघारता है। जिस पर स्त्री समर्पण करती है वह ठोकर मारता है, जिसे स्त्री मुँह नहीं लगाती, वह भी बड़े अभावों में पड़ा आत्मग्लानि में त्यागी बन जाता है। कैसा विचित्र है यह!" वह हँस दी थी।

और सिद्धार्थ ने सोचा था। क्या है यह जीवन! क्या है यह नारी!! क्या पुरुष सचमुच इतना निरीह है? क्या भद्रा सिद्धार्थ पर दया करती है?

वह एक शूल था। जिस दिन वह मन में गड़ा था उसने मर्म को छेद दिया था। और प्रश्न उठे थे–

हमारे सम्बन्ध हमारे जाने या अनजाने होते हैं या इनके पीछे कोई सार्थकता भी है?

हम सम्बन्ध करते ही क्यों हैं, क्या वह केवल सामाजिक विवशता है या विकास की भूख है?

यह शरीर की प्यास है या मन को प्रसन्न करने का एक माध्यम है?

हम सुख के रास्ते ढूँढ़ते हैं तो उनसे दुखों का जन्म क्यों होता है?

एक विशेष परिस्थिति कौन-सी है जिसके आगे फिर कोई और परिस्थिति नहीं है?

हम प्रेम के आधारों को लेकर चलते हैं किन्तु क्या वह घृणा, अविश्वास, संकोच और मनोमालिन्य से पूर्ण अलगाव है?

स्त्री और पुरुष मिलते हैं किन्तु उनकी बाह्य आकृतियों के भेद से जो आन्तरिक भेद उत्पन्न होता है वह उन्हें किसी द्वन्द्व में नहीं बाँध देता?

सिद्धार्थ सोच नहीं सका था।

सिद्धार्थ व्याकुलता में अब तड़पन का अनुभव करने लगा था। रात हो गई थी। वन में कहीं हिंस्र पशु गरज रहा था, फिर दूसरी ओर से हुआ-हुआ कर सियार चिल्ला उठते थे। कितनी भयानक थी वह अन्धेरी। कितनी दारुण थी वह वायु की

भीगी कराह जो प्रेत-से वृक्षों को झकझोर उठती थी। निरंजना के उदास तीर पर अन्धकार ही जल था। अन्धकार ही वायु था, वही अन्तराल था और जैसे अन्धकार के ठोस भाग अर्थात् पृथ्वी पर वह पुरुष भी अन्धकार का ही एक खण्ड था।

मन कहने लगा था : 'सिद्धार्थ! तू सोच रहा है। लेकिन क्यों? क्या इसका कहीं अन्त है?'

और ममता मुस्कराती। वह कितनी मनोहारिणी थी। उसकी याद करना ही एक यातना की घुटन थी।

आकाश में नक्षत्र निकले, धुँधले-से प्रकाश वाले चन्द्रमा ने फिर पीछा किया। वन पर उदास मर्मर-सी छा गई। वह नदी ऐसी लगती थी जैसे विजनवती की केशराशि खुलकर वायु पर काँप रही थी। एक हल्की चाँदनी फैल गई थी। अन्धकार तो हल्का पड़ गया था, किन्तु उसकी आलोकित धुन्ध अब पहले से भी अधिक भयास्पद थी, क्योंकि पहले वह नकार था, अब उसमें स्वीकृति का सन्देह भी आ गया था और और इस प्रकार एक द्वन्द्व पैदा हुआ था, जो करुण ही नहीं, अत्यन्त तिरस्कृत सत्य की भाँति अपनी सत्ता को प्रमाणित करने में लगा हुआ था।

फिर याद आने लगा।

परन्तु खटक स्थाई नहीं होती। अनजाने ही कभी-कभी दो तो क्या, अपने-आप से भी अनमनापन हो जाता है, परन्तु उसके बाद व्यक्ति फिर सम्बल ढूँढ़ने लगता है। वह सम्बल विशाल अश्वशाला, गजशाला, रंगशाला, संथागार, महानगर, पिता, माता, सुन्दरियों का मण्डल, सैनिकों, दासों और दण्डधरों के माध्यम से नहीं मिला। वे भव्य प्रासाद भी अपनी समस्त महिमा के रहते हुए भी आश्वासन का एक भी शब्द नहीं कह सके। बाल्हीक के बंग तक की गाथाएँ सांत्वना नहीं दे सकीं। राजनीति के आयोजन, उत्सवों और विलासों की मदिरा, धर्म और दर्शन के सिद्धान्त सब व्यर्थ चले गए। मतवाद मन को झकझोरते। परन्तु शांन्ति मिली एक स्थान पर। वहाँ, जहाँ मन ने मन के नीचे विश्राम लिया। जहाँ पुरुष ने नारी का स्नेह पाया। वही तो भद्रा कापिलायिनी थी। फिर प्रासाद नूपुरध्वनियों से आक्रान्त होने लगे, फिर सघन नितम्बों पर किंकणियाँ मुखरित होने लगीं, फिर स्तनों पर हार टकराने लगे, सुन्दरियों के होंठों पर मुस्कान फैलती, तब चषक से मदिरा उफनकर नीचे गिरने लगती, दासों पर बजती कशाओं की आवाज़ चुम्बनों के सीत्कार में डूब जाती, वह राजकुल का मादक स्फुरण था।

उस दिन भ्रदा पुष्पवती थी। सिद्धार्थ अपने उपवन में था। दासियाँ और सुन्दरियाँ उसके शरीर पर उबटन कर रही थीं। काल उदायी आया था। वह सिद्धार्थ का अन्तरंग सखा था, बचपन से संग खेला था।

''कुमार!'' काल उदायी ने कहा था : ''जीवन का समय बीत रहा है। मुझे बड़ी तृष्णा है।''

एक सुन्दरी दासी ने सिद्धार्थ की जंघाओं पर उबटन करते हुए मुस्कराकर कहा था : आर्य्य! देवी तो स्वस्थ है न?''

''तू क्या समझती है?'' उदायी ने पूछा था।

''प्रभु! समझने को कौन-सी स्त्री नहीं समझती?''

''कब से गर्भ नहीं हुआ तुझे?''

स्त्री रो दी थी।

सिद्धार्थ ने पूछा था : ''क्यों रोती है, किलंजा?''

स्त्री ने आँसू पोंछ लिए थे। बोली नहीं थी। उससे पूछा गया था। तब उसने बताया था उसका सद्यः जात बच्चा बेच दिया गया था और दूध ठीक से न पाकर वह मर गया था।

''छिः,'' काल उदायी ने कहा था : ''कुमार! तुम इन नीचों का सर्वनाश कर रहे हो। इनको इनके स्थान पर रखो, अन्यथा यह न दास रहेंगे, न मनुष्य। अच्छा, मैं चलता हूँ आर्य शुद्धोदन ने बुलाया है।''

वह चला गया था। सिद्धार्थ ने कहा था : ''किलंजा!''

''देव!''

''तू जानती है मैं कौन हूँ?''

''हाँ, देव! मैं क्या सारा कपिलवस्तु जानता है।''

''तू मुझे केवल प्रभु मानती है कि मुझसे तुझे कुछ स्नेह भी है?''

''देव!!'' किलंजा काँप उठी थी।

''क्यों डरती है?''

''देव मैं तो दासी हूँ। मुझमें इतनी स्पर्धा कहाँ? मैं तो कुछ नहीं कहती। मैं तो स्त्री हूँ, भोग्या हूँ। मैंने कोई अपराध नहीं किया है।''

दासता की वह गहरी कीलें गड़ी हुई थीं। सिद्धार्थ ने कहा था : ''किलंजा डर नहीं। जो मैं पूछता हूँ, उसका स्पष्ट उत्तर देगी?''

''पूछें देव!'' पर स्वर भयभीत था।

''मैं तुझे मुक्त कर दूँगा किलंजा! परन्तु मुझसे ठीक कहना!''

"प्रभु! मैं स्वतन्त्र होकर क्या करूँगी। मुझे अपने चरणों से न हटाइए।"

"अच्छा सुन! तू मुझे क्या मानती है। मैं मनुष्य हूँ?"

"हाँ, प्रभु! आप मनुष्य हैं। आप मनुष्य के रूप में कोई देवता हैं।"

"सिद्धार्थ ने कहा : "किलंजा । सब मनुष्य समान हैं।"

"मनुष्य नहीं देव!" किलंजा ने कहा : "सबकी आत्मा समान है। वही कर्मानुसार जन्म लेती है और अनेक रूप धारण करती है।"

"तू जानती है यह?" सिद्धार्थ ने आश्चर्य से पूछा था।

"देव! यह तो सब दास जानते हैं। यदि न जानते तो वे दास क्यों होते? परन्तु भाग्य तो वे मिटा नहीं सकते।"

किलंजा की उस बात ने मस्तिष्क पर हथौड़े की-सी चोट की थी। ऐसा हिला दिया था मन को वह अपने बिखरते आधारों को ही समेटता रह गया था।

और सिद्धार्थ ने अनुभव किया था। ऊँचे से ऊँचा और नीचे से नीचा आदमी अपनी सत्ता का कारण सोचता है, अपनी विवशता का आधार अपने-आप बना लेता है और फिर अपने व्यवहारों, दर्शन के सहायक तत्वों से अपनी परिस्थिति का सामंजस्य करता है।

"देव!" किलंजा ने कहा था : "मेरा बच्चा बड़ा अच्छा था।"

"किसका था?"

"यह तो मैं स्वयं नहीं जानती! पर था राजकुल के रक्त का। बड़ा सुन्दर था। वह कहीं रहता, मुझे दुख न था, परन्तु वह मर गया।"

किलंजा ने आँखें पोंछ लीं। सिद्धार्थ उस समय एक और तर्क पर पहुँचा था। राग की शृंखलाएँ सदैव ही अपने स्वार्थों में सीमित नहीं हो जातीं, वह तो अपनी जाति के संरक्षण की पर्याय हैं।

मातृत्व!

क्या है वह!!

वही तो एक शृंखला है!!!

सिद्धार्थ उद्विग्न हो उठा था।

फिर वह आज उपवन चला था। फिर तुरंग भाग रहे थे, छन्दक रथ हाँक रहा था। अचानक कोलाहल मचा : "मर गया; मर गया!"

सिद्धार्थ चौंका। छन्दक ने घोड़ों की लगामों को पूरे बल से खींच लिया। रथ डाँवाडोल हो गया।

देखा। एक क्षीणकाय व्यक्ति असह्य यातना में तड़प रहा था। भय से पथ

पर गिर गया था। वह काला था। चमड़ा हाथ पर सड़ा-सा लगता था।

सिद्धार्थ ने देखा कि पथ के रक्षक ने चिल्लाकर कहा : ''देखता नहीं। महाकुमार का रथ जा रहा है, और तू...''

''ठहर जाओ!'' सिद्धार्थ ने रथ से उतरकर कहा।

सबने अभिवादन किया। रक्षक पीछे हट गया। उस व्यक्ति के रूप को देखकर सिद्धार्थ को लगा वह मनुष्य नहीं था, पशु था। वह हाथ उठाकर कुछ घिघियाया, लगा जैसे मर्मान्तक वेदना से वह कराह रहा था।

सिद्धार्थ रथ पर लौट गया। उसकी आँखों में दया, भय, घृणा, जुगुप्सा, क्या-क्या नहीं थे।

''देव! चलूँ?'' छन्दक ने पूछा।

''हाँ!'' सिद्धार्थ ने कहा, ''छन्न!''

''महाप्रभु!!''

''यह कौन था, छन्न? यह कौन था? क्या यह भी मनुष्य था?'' सिद्धार्थ का स्वर कंपित था।

छन्दक ने कहा था : ''स्वामी! आपका हृदय बहुत कोमल है। यह तो एक रोगी है।''

''रोग!'' सिद्धार्थ ने कहा था : ''यह क्या दारिद्रय का प्रसाद है?''

''नहीं देव! रोग धनी-दरिद्र नहीं देखता, जो भी इसकी चपेट में आ जाता है, यह उसे दबोच लेता है। बड़े से बड़े सौन्दर्य भी इसकी एक ठोकर में ढीले हो जाते हैं, जीवनपर्यन्त कराहते हैं। उनके लिए दुःख-दुःख नहीं केवल यातना होती है।''

''ऐसा क्यों होता है, छंदक?''

''देव! कर्मफल है यह।''

''लौट ले छंदक! लौट चल!''

सिद्धार्थ ने शैया में मुँह छिपा लिया था। धनी भी, दरिद्र भी। और इस विषम संसार में, जातियों के अहंकार और घृणा में, वह कौन-सा रास्ता है जहाँ मनुष्य समान है। यह सब नष्ट कहाँ होगा? मनुष्य सुखी कैसे हो सकेगा?

''भद्रे!'' सिद्धार्थ ने उसका हाथ अपने सिर पर जानकर कहा था।

''क्या सोच रहे हैं। आर्य्यपुत्र?''

''देवी! मैं सोचता था, संसार में रोग क्यों हैं?''

भद्रा मुस्कराई थी। उसने कहा : ''मैं नहीं जानती।''

''जानना भी नहीं चाहतीं?''

''चाहती हूँ!''

''फिर जिज्ञासा कभी व्याकुल नहीं करती?''

''जब से संसार में आई हूँ, यह सब देखती रही हूँ। इस सबको देखकर मुझे आदत हो गई है स्वामी।''

''रोग सबको घेर लेता है भद्रे?''

''सबको! योगियों को भी!''

''फिर क्या मनुष्य का भविष्य नितान्त अनिश्चित ही नहीं है?''

''प्रत्येक आने वाला कल अपने-आप आता है स्वामी, मैं उसे बुलाने नहीं जाती।''

सिद्धार्थ ने कहा था : ''लेकिन मैं इसको बदलना चाहता हूँ भद्रे! कर्म से जरा आती है, कर्म से रोग आता है। फिर कर्म को क्यों न बदला जाए, देवी, जो संसार से यह दो दारुण दुःख दूर हो सकें।''

''बड़े-बड़े ज्ञानी और ध्यानी भी ऐसा नहीं कर सके, स्वामी।'' भद्रा कापिलायिनी ने कहा, ''हम ही क्या कर लेंगे?''

''तो क्या हमें ऐसे ही रहना होगा?''

''रहना ही होगा आर्य्यपुत्र! मैं कोलियगृह में थी तब सुनती थी। यह संसार क्यों है? कहाँ से आया है? इसका बनाने वाला कोई है या नहीं? है तो वह कहाँ है? कोई-कोई कहते, यह तो सब प्रकृति है। पार्श्वनाथ के अनुयायी कुछ कहते, जटिलों का और मत था। कोई ब्रह्मचर्य का राग गाता, कोई कुछ समझाता। परन्तु कोई कुछ नहीं जानता आर्य्यपुत्र। क्या आपने चारवाक की बात नहीं सुनी! वह कहता था सब झूठ है। कपिल ईश्वर नहीं मानता था।''

''यह सब ग्रन्थों की बात है भद्रे! यह सब मैं जानता हूँ। परन्तु इससे मुझे सन्तोष नहीं होता।''

''तो तुम क्या चाहते हो प्रिय?''

''कोई और मार्ग चाहता हूँ देवी।''

''जैसे औरों ने अपने मार्ग को शाश्वत कहकर मन समझा लिया है, वैसे ही तुम भी एक दर्शन बना डालो देव! शाक्यों, बुलियों, कोलियों और लिच्छवियों में सुरा-सुन्दरी के बीच, संसार के दुःख से दुःखी क्षत्रियों की कमी तो नहीं।' भद्रा

हँसी—कहा—''देव! वहाँ मिथिला की बात कोलियों में सुनी थी। दार्शनिक था कोई राजकुल का, उसने कहा था, संन्यास का अधिकार शूद्र को भी होना चाहिए।''

वह हँसी। फिर कहा : ''स्वामी! हम क्या सचमुच दूसरों से सम्वेदना दिखाने की ईमानदारी का अधिकार रखते हैं? हम अपने ही भोगों में ग्रस्त हैं।''

सिद्धार्थ ने शैया पर बैठकर कहा था : ''गोपे! मैं इस सबका, इस वैभव का दास नहीं हूँ। यह सब मेरा है, मैं हूँ तो, बर्ना, यह सब कुछ नहीं है। मैं इस सबको छोड़ सकता हूँ—यह वैभव कुलगर्व पर स्थापित है। परन्तु क्षत्रिय इतने श्रेष्ठ होकर भी इतने क्रूर क्यों हैं? क्या वे कोमल नहीं हो सकते? क्या वे दासों पर दया नहीं कर सकते?''

''दया!'' भद्रा ने कहा : ''दया तो स्वामी सब के मन में आती है परन्तु क्या दया से यह राज्य, यह धर्म, यह सब चल सकता है? कहिए गण-व्यवस्था अच्छी नहीं है? क्या एकराट् अच्छा है?''

''नहीं देवी! मुझे गण प्रिय हैं।''

''परन्तु वे तो दासों के बल पर जीवित हैं।''

''जाने दो आर्य्ये! यह तो कर्मफल है। यदि यह विभाजन न हो तो समाज कैसे चले। परन्तु मैं दूसरी बात सोचता हूँ।''

''क्या आर्य्य?''

''रोग, बुढ़ापा, यह तो मनुष्यमात्र के शत्रु हैं। क्या इनसे भी मनुष्य जीत नहीं सकता?''

''नहीं देव!'' भद्रा ने कहा। ''नहीं जीत सकता।''

''मैं जीतूँगा आर्य्ये!''

''मैं इसे महत्त्वाकांक्षा कह सकती हूँ।''

उस समय सिद्धार्थ के मन को धक्का लगा। वह महाकुल का वंशज था। ज्योतिषियों ने बताया था, वह महान होगा। और भद्रा! वह उसे नितान्त साधारण समझती है। क्या वह साधारण है? तो वह संसार का कल्याण कैसे कर सकेगा?

उसने कहा : ''भद्रे! मनुष्य मूलतः मनुष्य है।''

भद्रा कापिलायिनी ने कहा : ''तो सुनो आर्य्य सिद्धार्थ! वह मूलतः मनुष्य समाज से अलग होकर ही रह सकता है। समाज के व्यवहार में वह जाति का अंग है, वह वर्ग का अंग है, वह अपने-आप में पूर्ण नहीं है।''

सिद्धार्थ को लगा था, वह सब कुछ खो रहा था। उसने कहा था : ''भद्रा! यह सब छलना है। तू नहीं जानती। तू नहीं जानती।''

भद्रा कापिलायिनी व्याकुल-सी उठ खड़ी हुई थी। उसने आर्त्तस्वर से कहा था : "तुम मुझसे बोलते क्यों नहीं!"

"क्यों?"

"मुझे तुम्हारा मौन डराता है!"

"सिद्धार्थ मुस्कराया था।

"क्यों सोचते हो तुम इस सब के बारे में? तुम्हें क्या कमी है, प्राण! क्या मैं तुम्हारा मन नहीं बहला पाती?"

सिद्धार्थ देखता रहा था। कापिलायिनी रो पड़ी थी। सिद्धार्थ ने उसे अंक में भरकर उसके अधरों को अपने गर्म होंठों में छिपा लिया था और कहा था, "रो नहीं भद्रे! तेरे बिना मैं जीवित नहीं रह सकूँगा। तेरे बिना मुझे कुछ भी नहीं सुहाता। मैं तुझे प्यार करता हूँ प्रिये। मैं तुझे कभी नहीं छोड़ सकता। मैं स्वयं नहीं जानता मुझे कभी-कभी क्या हो जाता है। परन्तु भीतर से कोई कहने लगता है कि सिद्धार्थ यह गण, यह वैभव अपना न्याय चाहता है। क्या इसका कोई न्याय नहीं है? क्या है वह उलझन? तू सो जाती है, और मैं एकटक देखा करता हूँ, तेरा मुख देख-देखकर अपना मन उलझाया करता हूँ। जब मैं तुझे देखता हूँ तो मुझे डर लगता है। वह भीषण बुढ़ापा, वह रोग लगते हैं सब घिरे आ रहे हैं। भद्रे! हम-तुम इतने सन्तोष और वैभव में भी सुरक्षित नहीं हैं। आत्मा की बात मेरी समझ में नहीं आती। आत्मा सब की समान कैसे हो सकती है? यदि आत्मा समान है तो क्या क्षत्रिय और दास मूलतः एक हैं? यदि हैं, तो फिर गण ठीक नहीं है। परन्तु गण तो बुरा नहीं है। वह एक व्यक्ति की निरंकुशता से तो अच्छा है। क्षत्रिय ही राज्य करते आए हैं देवी! और वे ही राज्य को संभाल सकते हैं, वे ही रक्षक हैं। कर्म तो है परन्तु मुझे लगता है यह सब व्यक्ति का कर्म और फल होने पर भी सब कुछ व्यक्ति का नहीं है, यह कुछ सामूहिक भी है।"

"यह क्या है?" भद्रा ने कहा।

"मैं उसे नहीं जानता, भद्रा, मैं उसे नहीं जानता। परन्तु इतना मुझे लगता है कि कोई सुखी नहीं है। स्वामी भी दुखी है, दास भी दुखी है, सब दुखी हैं भद्रे! सब की आँखों में मुझे दुःख ही दिखाई पड़ता है।

"तुम्हें क्या दुख है, प्राण?"

"मुझे दूसरों का दुख देखकर दुख होता है।"

"और मुझे क्या दुःख है?"

"तू इसी में दुखी है कि मैं दुखी हूँ।"

भद्रा ने सिद्धार्थ के कपोल पर हाथ फेरकर कहा : ''चलो सिद्धार्थ।''

''कहाँ आर्य्ये!''

''आज नर्तकियों ने नया नाटक रचाया है।''

''अच्छा, चलो देवी!'' उसने एक दीर्घ निश्वास लिया किन्तु भद्रा कापिलायिनी उसे समझ न पाई। वह अपने ही ध्यान में चली गई थी।

दोनों विशाल सोपानों पर उतरने लगे। दासियां दीप जलाने लगीं। नीचे सुन्दर रंगशाला में नर्तकियों की खिलखिलाहट सुनाई दे रही थी। बाहर तड़ाग में से नहाकर निकलती युवतियों ने सिद्धार्थ को देखा तो लाज से हँसकर फिर जल में कूद पड़ीं। भद्रा कापिलायिनी तृप्ति से मुस्करा उठी थी।

मध्यमा

घास काटने वाले श्रोत्रिय ने कहा : ''तुम कौन हो युवक? एकान्त भीषण वन में तुम अकेले साधना कर रहे हो!''

सिद्धार्थ मुस्कराया। वह बैठने लगा।

श्रोत्रिय ने कहा : '' इस कठोर भूमि पर तुम बैठ सकोगे, आर्य? मेरी यह भेंट स्वीकार करो।''

श्रोत्रिय ने घास दे दी। सिद्धार्थ उन तृणों को लेकर अश्वत्थमण्ड पर चढ़, प्रदक्षिणा कर, पूर्व दिशा में जाकर पश्चिम की ओर मुँह करके खड़ा हुआ। उसने घास का आसन बनाते हुए अपने-आप से कहा : 'दुख पञ्जर का विध्वंसन करो सिद्धार्थ!''

और फिर उसने अश्वत्थवृक्ष की ओर पीठ करके दृढ़चित्त होकर कहा...चाहे मेरा चमड़ा, नसें और हड्डी ही बाकी क्यों न रह जाएँ, चाहे शरीर का माँस रक्त क्यों न सूख जाए, लेकिन अब मैं हटूँगा नहीं। जीवन का सत्य मुझे खोजना ही होगा।

और सचमुच वह पूर्ण दृढ़ता से बैठ गया। लगता था वह अपराजित था।

परन्तु तू कौन है? सिद्धार्थ के भीतर किसी ने प्रश्न किया। वह कौन है जिसने ममता की अन्तिम चोट की है? जितना ही वह उसको भूलना चाहता है वह सब क्यों याद आ रहा है? क्यों सिद्धार्थ को वही वेदना पुकार उठती है।

अन्धकार से त्रिभुवन ढका हुआ है। उसमें सूर्य ही जीवन है। जीवन उगता है, बुझ जाता है। जन्म से पहले वह मृत्यु है, बुझने के बाद वह मृत्यु है। सारा ब्रह्माण्ड

बुद्बुद की तरह उठता है, मिट जाता है। लय में से जो निरन्तर सर्जन होता जा रहा है, वह किस तरह!!

कोई नहीं जानता!!

कोई जान सकेगा इसे!!

कितनी अल्प है यह सत्ता!!

अरे मनुष्य के अहं, खंडित हो जा। आत्मा के विश्वासी, देख, अपनी सत्ता की परिधियों को देख, तू कितने-कितने चक्रव्यूहों में आबद्ध-सा नहीं है। आँखें बन्द करके कोल्हू के बैल की तरह घूमने वाले प्राणी! तू कितना नश्वर और कितना निरीह है!

मृत्यु!!

और कितना विषाद डरा सकेगा तेरा!

रथ बढ़ा जा रहा था।

हठात् सिद्धार्थ ठिठक गया था।

यह क्या था।

वह स्त्रियाँ क्या कर रही थीं!!

दारुण रुदन! क्यों??

और उसे लगा था आकाश फट जाएगा? अतलांत गहन में से वेदना के ज्वालामुखी फूटे पड़ रहे थे!

"छन्दक!" सिद्धार्थ ने कहा था।

"प्रभु!"

"यह क्या है? वे पुरुष कन्धों पर क्या उठाए लिए जा रहे हैं!"

"देव! वह मुर्दा है!"

"मर गया है!" सिद्धार्थ ने पूछा और फिर अपने-आप धीरे से दुहराया, "मर गया है?? मृत्यु का नाम तो सुना था, परन्तु देखा नहीं था छन्न! फिर वे स्त्रियाँ छाती पीटती अनन्त हाहाकार गुँजाती किसलिए वेदना से संत्रस्त होकर रो रही हैं?"

"देव! वे उसकी मृत्यु से दुखी हैं। उसके परिवार की हैं।"

"मृत्यु तो उसे ले गई, यह क्यों रोती हैं?"

"देव! यादें रुलाती हैं, अब वह चला जो गया।"

"मरने वाले को तो दुख नहीं होता?"

"देव! मृत्यु भी एक यंत्रणा है।"

"यह सबको आती है?"

"निश्चित रूप से प्रभु! समस्त लोक धातुओं (ब्रह्माडों) में जो जन्मता है, वह मरता है।"

"छन्दक, रथ लौटा ले।"

"प्रभु! मरना-जीना तो लगा ही रहता है। मरने वाले मरते जाते हैं, परन्तु जीने वाला उसे भूल जाता है, मरने वाले को जाता देखकर जीने वाला अपना काम नहीं छोड़ता।"

"फिर छंदक! हम बहुत कम दिन को यहाँ रहते हैं?"

"देव! यहाँ का रहना कम होते हुए भी बुढ़ापे में शरीर शिथिल हो जाने पर मृत्यु को ही अच्छा समझने लगता है।"

"तो दूसरे क्यों रोते हैं?"

"श्रीमन्त! स्नेह की शृंखलाओं के टूटने से किसका हृदय आकुल नहीं हो उठता! मनुष्य अपने स्वार्थ से दूसरे के जीवन और मृत्यु का मोल करता है।"

"वैसे नहीं?"

"नहीं प्रभु! ऐसे यदि हर मरते के लिए आदमी रोने लगे तो जिए कब!"

"सब मरते हैं!!"

"हाँ, प्रभु! रथ बढ़ाऊँ?"

"नहीं, ठहर छन्न! तूने मुझसे पहले क्यों न कहा।"

"देव!" छन्न सकपकाया। कहा : "आर्य राजा से न कहें स्वामी!"

"क्यों?"

"वे कहेंगे पुत्र को तूने दुखी क्यों किया?"

"मैंने पढ़ा है छन्न! मैंने पहले सुना है।"

"सुनना और बात है, देखना और बात है!! कुमार! मृत्यु की महिमा विचित्र है।"

"छन्न! संसार में आते हैं वे जाते भी हैं। आकर जाने वाले डरते क्यों नहीं?"

छन्दक ने कहा : "प्रभु, यह मैं क्या जानूँ? परन्तु इतना अवश्य है कि जन्म पर मंगलगान होते हैं, मृत्यु पर श्राद्ध होता है। श्मशान में जाने पर सभी को लगता है, यह संसार व्यर्थ है?"

"छन्दक, श्मशान कैसी होती है?"

"प्रभु! बड़ा दारुण होता है वहाँ का दृश्य!"

''कैसा होता है, छन्दक?''

''लाशें जलती हैं।''

''कौन जलाता है?''

''वही जलाता है जो; प्रभु! उसका सम्बन्धी और प्रेमी होती है।''

''वह इतना कठोर हो कैसे जाता है, छन्न? जिससे प्रेम करता है, बात करता है, उसे वह इतना हृदयहीन होकर जला कैसे देता है?''

''देव! वह उसे नहीं जलाता। जिसे जलाता है वह केवल मुर्दा होता है। न उसे चेतना रहती है, न सुख-दुख होता है। वह तो मिट्टी के समान हो जाता है।''

''कितनी भीषण!!'' सिद्धार्थ ने कहा, ''कितनी भीषण है यह सत्ता की उलझन छन्दक! इसमें अधिकार, धन, यश कुछ भी नहीं कर सकता?''

''नहीं आर्यपुत्र!'' छन्दक ने कहा, ''इसमें तो बड़े से बड़ा और छोटे से छोटा आदमी समान हो जाता है। इस मृत्यु ने ही मनुष्य को समान करके दिखा दिया है।''

''लौट चल, छन्दक!'' सिद्धार्थ ने पुकारकर कहा था, ''लौट चल! मुझे प्रासाद में ले चल। वहाँ मृत्यु को मैं भूल जाऊँगा!''

''देव? उससे कोई स्थान नहीं बचता।'' छन्दक ने कहा और रथ को लौटा दिया था।

मैं डरता हूँ।

मुझे क्यों लगता है कि सब कुछ ही काल के जबड़ों में फँसा हुआ है और वह अत्यन्त बर्बरता से उसे चबाए जा रहा है! क्या मैं केवल अपने को बचा लेना चाहता हूँ?

नहीं!

मुझे संसार का भय हो रहा है!

किसलिए?

सब नश्वर है!

किन्तु नश्वर न होना क्या अमरत्व की शाश्वत जड़ता नहीं है जिसमें परिवर्तन का कोई भी आनन्द नहीं है।

जो है वही क्या निरन्तर बना रह सकता है?

कहाँ है भद्रा?

भद्रा! भद्रा कापिलायिनी! नवनीत से भी कोमल! वह अपने-आपको भूली

रहती है। किसमें? अपने-आप में? या प्रेम के नाम पर जो वह सिद्धार्थ पर सर्वस्व न्यौछावर किए हुए है, वह केवल अपनी ही स्वार्थ-साधना है? इसका निर्णय कौन करेगा? गोपा है वह! वही भद्रा है। उसके भिन्न नामों में उसकी एक ही वास्तविकता है।

जिस घर में पली अब वह वहाँ नहीं रहती। फिर भी कभी उसे दुख नहीं होता। क्यों? क्या स्त्री को पति के पास आ जाने पर इतना बड़ा सन्तोष मिल जाता है? वह ममता के पुराने बन्धनों को तोड़कर नये और अपरिचित बन्धनों में किस प्रकार फँस जाती है? वह अपने-आपको उस सबके अनुकूल कैसे बना लेती है? और फिर एक दिन वह भी संसार छोड़कर चली जाती है!!

काल उदायी, तू कहता था कि तू सुखी है। बचपन में भ्रातर देवदत्त लड़ता था। नन्द मेरे साथ रहता था, तब तू ही हम लोगों को हँसाया करता था। क्या एक दिन तू भी नहीं रहेगा? पुरानी दासियों में कुछ मर गई हैं। उनकी याद क्यों नहीं आती? उनसे मन नहीं रमा था। तो यह सत्य है कि सम्बन्ध और अपने प्रेम के कारण ही मृत्यु पर डर लगता है, दुःख होता है। अन्यथा!! अन्यथा नहीं!!

तो क्या प्रेम बुरा है! पर हमने बचपन से प्रेम की ही तो शिक्षा पाई थी!!

क्या था वह सब! स्नेह के द्वारा एक-दूसरे के निकट आना। परन्तु हम निकट आ ही कब सके? हमारे कुल, जाति और धन के बन्धन हैं, जो मनुष्य को मनुष्य के समीप नहीं आने देते। बीच में डर, घृणा, अविश्वास और कुटिलता की दीवारें खड़ी हो जाती हैं। तो क्या इसका यही अर्थ नहीं है कि प्रेम जितना व्यापक होता जाएगा, उतना ही दुःख भी बढ़ता जाएगा? किन्तु क्या वहाँ व्यक्तित्व अपने संकोचों में बद्ध रह सकेगा? वह प्रेम रहेगा या अपने व्यापकत्व के कारण उसे केवल करुणा कह सकेंगे? करुणा का मूल यदि राग नहीं होगा तो वह हृदय में प्रेम की सी-कचोट उठाने में समर्थ हो सकेगा?

सिद्धार्थ के सामने से वह दृश्य हट गया।

"वह कौन है छंदक?" सिद्धार्थ ने पूछा था। वह फिर छंदक के साथ उपवन की ओर रथ में जा रहा था।

छंदक ने कहा था : "महाप्रभु! वह तो एक श्रमण है।"

सिद्धार्थ ने देखा था और कहा था : "छंदक! वह कितना गंभीर है! क्या कहा तूने? श्रमण!!"

"हाँ, स्वामी!"

“वह क्या पहने है?”

“गुदड़ी का वस्त्र है, प्रभु!” छन्दक ने कहा, “जो लोग फेंक देते हैं वही पहनता है, परन्तु पूर्ण शान्ति का अनुभव करता है।”

“यह कैसे होता है, छन्दक!”

“उसने मन जीत लिया है स्वामी!”

“किसका?”

“दिव्याभा देखकर लगता नहीं आपको? अपना मन जीता है, और वही जीत लेना सबसे कठिन है।”

“उसमें क्या कठिन है, छन्दक?”

“देव! वह वासना, लोभ, मोह, क्रोध आदि में फँसता है और दुखी होता है।”

“वह कहाँ रहता है, छंदक?”

“उसका घर सारा संसार है। उसका कुछ भी अपना नहीं है, वह घूमता रहता है।”

“उसे खाने को कौन देता है, छन्दक?”

“जो श्रद्धा रखता है।”

“मुझे समझाकर बता, सारथि!”

“प्रभु! वह साधु है। उसका ऐश्वर्य उसकी निरासक्ति है। उसे संसार भोजन देता है।”

“संसार?”

“हाँ, प्रभु!!”

“क्यों छन्न?”

“देव! उसके पास धरती नहीं, धन नहीं, फिर वह क्या करे?”

“कुछ काम क्यों नहीं करता?”

“काम संसारी करते हैं, आर्यपुत्र!”

“उसे माँगने में लज्जा नहीं आती?”

“वह सब कुछ छोड़ चुका है देव! माँगकर अपना अभिमान, अपना संकोच, अपना अहं भी कुचल देता है।”

सिद्धार्थ सोचता रहा था। उसे वह आकृति भव्य लग रही थी, जैसे वह व्यक्ति सबसे परे था, सबसे अधिक पूर्ण था। कितना शान्त था उसका मुख!!

“तो क्या छोड़ने वाले के लिए यह संसार अपने-आपको दानी प्रमाणित

करता है?"

"हाँ, देव!"

"यदि उसे कोई कुछ न दे तो?"

"तब भी वह शोक न करेगा।"

"क्यों!"

"वह त्यागी है।"

"त्याग!" सिद्धार्थ ने कहा था : "रथ लौटा ले।"

अमर जीवन का पथ यही तो है।

अमरता!!

क्या होगा उसका?

फिर कोई उतार-चढ़ाव नहीं होगा।

स्थिर!! जिसमें अभाव नहीं।

तूर्ण!! जिसमें स्पंदन नहीं।

शांत!! जिसमें विकार नहीं।

अपराजित!! जिसमें आने वाले कल का कोई भय नहीं।

और सिद्धार्थ के मस्तिष्क में धीरे से एक विचार ने सिर उठाया। वह स्वयं पहले उस पर विश्वास नहीं कर सका।

क्यों न छोड़ दे वह भी।

क्या!!

सब कुछ!!

प्रासाद!! पंचखण्डा प्रासाद, खतखण्डा महल, नौखण्डा प्रासाद! उसके भीतर दास, दासी, परिजन, नर्तकी!!

वैभव!! सुवर्ण, रत्न, गजदन्त, मुक्ता, सब!

कहाँ जाएगा?

जहाँ कोई अपना नहीं होगा।

कोई नहीं?

भद्रा भी नहीं?

भद्रा के बिना जीवन होगा ही क्या?

वहाँ भद्रा नहीं होगी! वहाँ भद्रा नहीं होगी!!

नहीं, नहीं, भद्रा चाहिए, भद्रा होनी चाहिए। भद्रा के बिना काम चलेगा?

और फिर भद्रा कहेगी भी क्या? वह ढूँढ़ेगी। क्या कहेगी वह? छोड़ गया? उसके मन के टुकड़े-टुकड़े नहीं हो जाएँगे?

नहीं होंगे। यह प्रासाद! सिर पर खुला आकाश होगा। उसमें देवता और दिशाओं के महाराजा दीप जलाएँगे।

पिशाच घूमेंगे।

कितना भयानक होगा सब!!

कौन किसका है, सिद्धार्थ?

क्यों? जब तक है, तब तक सब है।

परन्तु फिर है भी कब तक?

जब तक जीवन है।

यह वैभव जीवन की अनुभूति है।

यह वैभव! यह विलास! मादक है यह सब, परन्तु अपने-अपने में पूर्ण नहीं है। इसकी पूर्णता कहाँ है?

इस सबसे अपराजित रहने में ही पूर्णता है।

पराजय मोह है।

मोह छलना है।

छलना अन्धकार है।

कुछ नहीं और अन्धकार के मानदण्ड ही रोगों की ऊँचाइयों को अन्त में मापते हैं और मनुष्य को आर्त रुदन के अतिरिक्त कभी भी कुछ नहीं मिल पाता। वह भटकता ही रहता है।

वह सब झूठ है। यह संसार झूठ है। जो छोड़ जाता है वह पूर्ण है, जो अपने सीमित बन्धनों में रहता है। वही मृत्यु का ग्रास है और जन्म-जन्मान्तर तक यातना पाया करता है...

सिद्धार्थ ने सुन्दर पुष्करिणी में स्नान किया। शीतल जल ने भी आज मन को हल्का नहीं किया था। एक अजीब-सी भारी-भारी-सी उदासी आज मन को ग्रसे ले रही थी। मन डूबा जा रहा था, डूबा जा रहा था...

वह सूर्यास्त के समय सुन्दर शिलापट्ट पर अपने को आभूषित कराने के लिए बैठ गया। परिचारक नाना रंग के दुशाले, आभूषण, माला, सुगन्धित उबटन लेकर चारों ओर से घेरकर खड़े हो गए।

“देव! आज महाराज चिन्तित थे।” एक दास ने कहा।

“क्यों?” सिद्धार्थ ने पूछा।

“देव! आपसे वे मिलना चाहते थे।”

“आज नहीं, मैं आज शान्ति चाहता हूँ।”

प्रसाधन पूर्ण हुआ।

सिद्धार्थ बाहर आया।

प्रांगण में ब्राह्मण खड़े थे।

सिद्धार्थ ने अभिवादन किया। उन्होंने आशीर्वाद दिया।

वह सोचने लगा। क्यों? आज क्या बात है? ब्राह्मण!!

विद्रोही क्षत्रियों को भी आखिर कहीं-कहीं झुकना ही पड़ता था। भीख लेकर भी ब्राह्मण अभी तक अपने को ऊँचा ही समझता था।

इसी समय दुन्दुभि बजने लगी! थाली बजाने का स्वर आया। भीतर की ओर भगदड़ हुई। फिर शंख बजा।

एक ब्राह्मण ने स्वस्तिवाचन किया। वेद-ध्वनि की। अन्य ब्राह्मण समवेत स्वर से मंत्रोच्चारण करने लगे। सिद्धार्थ वहीं खड़ा रहा। भीतर स्त्रियों के खिलखिलाने की आवाज़ आई। वह बढ़ा। आवाज़ आई : “आर्यपुत्र! आर्यपुत्र!”

उस स्वर की आतुरता देखकर सब मुस्करा दिए।

सिद्धार्थ ठिठक गया।

दासी अनुला ऊँचे सोपानों पर दिखाई दी।

“अनुले!” सिद्धार्थ ने बुलाया, “क्या है?”

“आती हूँ, देव!” वह मुस्कराई, मानो पुरुष की आतुरता देखकर आनन्द हुआ हो।

वह पास आ गई, परन्तु सिद्धार्थ गम्भीर खड़ा रहा। उसने कुछ नहीं पूछा। दासी अनुला ने कहा : “स्वामी!”

सिद्धार्थ ने आँखें उठाईं। दासी प्रसन्न थी!

“क्या है?”

“देव! कुमार ने जन्म लिया!”

उसका आनन्द देखकर सिद्धार्थ को कौतूहल हुआ। पुरुष को जन्म देकर स्त्री इतने आनन्द और गर्व का अनुभव क्यों करती है? किसलिए? वह निश्चित नहीं कर सका।

"राहु पैदा हुआ, बन्धन पैदा हुआ।" सिद्धार्थ ने कहा।

सिद्धार्थ के मुख पर कोई आनन्द नहीं था। वह चिन्तित-सा दिखाई दे रहा था। दासी ने देखा तो समझी नहीं।

"तू जा अनुला!" सिद्धार्थ ने इंगित किया।

दासी अचकचा गई। उसने हाथ पसार दिया।

"क्या है?"

"देव! मेरा पुरस्कार?"

"राहु!" सिद्धार्थ फिर बड़बड़ाया और चला गया। दासी की समझ में नहीं आया। उसने चारों ओर देखा और फिर उसकी आँखों में लज्जा आ गई।

शुद्धोदन बाहर आता दिखा।

"तू रोती है?"

"देव! देव!" दासी ने कहा, "कुमार...कुमार...ने..."

"क्या कहा? पुत्र ने क्या नाम दिया उसे अनुला?"

"राहु! देव!"

"क्या कहा? पुत्र ने? उसका नाम राहुल ही रहेगा।"

एक ब्राह्मण ने कहा : "क्या नाम दिया आर्य?"

"आर्य! पुत्र ने उसे राहु कहा। वह राहुल कहलाएगा।"

"राहुल!!" ब्राह्मण फिर बड़बड़ाया।

शुद्धोदन प्रसन्न-सा दान के प्रबन्ध के लिए चला गया।

एक ब्राह्मण ने कहा : "सुना!"

बाकी ब्राह्मणों ने सिर हिलाया।

एक और ने कहा : "राजकुमार प्रसन्न नहीं हुए?"

सिद्धार्थ का रथ नगर में घुसा।

"छन्दक!"

"आज्ञा, प्रभु!"

"आज महानगर में आनन्द क्यों है?"

"देव! यहीं नहीं। आर्य दण्डपाणि का संवाद मिलते ही देवदह में भी आज उत्सव होंगे। देवी गोपा के पिता ठहरे वे!"

कोठे पर खत्तिय कन्या कृशागौतमी बैठी थी : उसने सिद्धार्थ की अनिंद्य शोभा देखी तो मुग्ध हो गई। मन में गद्गद हो उठी। उसको लगा, उसका यौवन

उस पौरुष को देखकर सुलग उठा था। कितना सुन्दर था सिद्धार्थ!

रथ धीमे-धीमे चल रहा था। पथ पर भीड़ थी। और राहुल के जन्म का सम्वाद नगर में फैल गया था। दरिद्र दान पाने के लिए प्रासाद की ओर खिंचे जा रहे थे। कृशागौतमी ने रथ निकट आया देखा तो मचल-सी गई। उसने आनन्द से कहा, "आर्यपुत्र!"

सिद्धार्थ ने सिर उठाकर देखा।

छंदक ने कहा ' "देव! क्षत्रिया है।"

"वह माता परम शान्त है, वह पिता परम शांत है, वह पत्नी पूर्ण शांत है, जिनके ऐसा पुत्र और पति हो।" कृशागौतमी ने कहा और फिर लाज से आरक्त मुख होकर झुक गई।

छन्दक ने कहा : "आर्यपुत्र!"

"क्या है छंदक?"

"रथ बढ़ाऊँ कि ठहरेंगे?"

"कहाँ सारथि?"

"यहीं!" वह फिर मुस्कराया।

उद्वेलित सिद्धार्थ सिहर उठा। कहा : "छंदक! यह क्या कहती है?"

"देव! वह रूप से प्रभावित है। यौवन का प्रसाद माँगती है।"

"वह प्रिय वचन कहती है, छन्दक!"

"देव!"

"वह शान्ति की बात कहती है सारथि! उसने मुझे शान्ति दी है।"

फिर कहा। "पिंगिय!"

पिंगिय रथ के पीछे के भाग के पास आ गया था। वह अभी तक रथ के पीछे-पीछे दौड़ा आ रहा था। छंदक समझ नहीं सका।

अनुचर ने कहा : "देव!"

"वह क्षत्रिया है न?"

"हाँ, देव!"

"तू उसके पास जा!"

"आज्ञा दें प्रभु!"

सौ सहस्र मुद्राओं के मूल्य का मोती का हार उतारकर सिद्धार्थ ने कहा : "इसे दे आ उसे।"

पिंगिय ने कहा, " जो आज्ञा; प्रभु!"

पिंगिय भागा। छन्दक ने मुस्कराकर कहा : ‘‘देव! यह देवी तो रानी बनने के योग्य हैं।’’

सिद्धार्थ ने कुछ नहीं कहा। केवल मुस्कराया। वह मुस्कान बड़ी विचित्र और करुण थी। पिंगिय ने हार कृशागौतमी को दे दिया।

कृशागौतमी ने झुककर कटाक्ष किया।

सिद्धार्थ ने देखा और देखता रहा। उसे नहीं लगा कि वह नारी थी। उसने दुहराया : ‘‘शान्ति!’’

छन्दक चौंका। पिंगिय ने आकर कहा : ‘‘देवी प्रसन्न हुईं।’’

सिद्धार्थ लौट आया।

प्रासाद विह्वल आनन्द से झूम रहा था।

अनुला ने पुकारा : ‘‘देव!’’

‘‘क्या है अनुला?’’ सिद्धार्थ ने धीमे से कहा।

‘‘देव! कुमार आपका-सा ही सुन्दर है।’’

परन्तु सिद्धार्थ बेचैन-सा पलंग पर लेट गया था।

‘‘क्या हुआ, देव?’’

‘‘कुछ नहीं, अनुला।’’

अनुला चली गई।

सुन्दरियाँ आ गईं।

एक ने कहा : ‘‘प्रभु!’’

सिद्धार्थ ने देखा।

‘‘प्रभु! हमें पुरस्कार मिलना चाहिए।’’

‘‘मिलेगा।’’ सिद्धार्थ ने कहा, ‘‘अवश्य मिलेगा।’’

‘‘देव उद्विग्न हैं?’’ पिंजरिका ने कहा : ‘‘देवी ने अभी बुलाया नहीं न?’’

सुन्दरियाँ हँस दीं।

नृत्य होने लगा। आनन्द झूमने लगा।

आज वे अर्धनग्न युवतियाँ, जिनकी देहयष्टि की माँसल कान्ति देखकर कोई भी युवक विचलित हो सकता था, जिसकी जंघाओं की स्निग्धता लोलुप कुलपुत्रों के मन को टिकने नहीं देती थी और वे फिसलने लगते थे, सिद्धार्थ उस सब को देखता रहा।

क्या देख रहा था वह?

क्या हो रहा है यह सब!! क्या है!! क्या है!! आनन्द!! जन्म पर सुख!! या फिर प्राणी का दुःखों के लिए इसी संसार में प्रत्यावर्त्तन!!

कलकंठ से गाती हुई सुन्दरियाँ थोड़ी देर बाद छायाओं-सी काँपने लगीं। वे नारियाँ अपने समस्त प्रमाद से भी सिद्धार्थ के मन को नहीं लुभा सकीं। उसकी आँखों में वही श्रमण की सौम्य आकृति बार-बार जाग उठती थी।

सिद्धार्थ सो गया।

नृत्य रुक गया।

पिंजरिका ने कहा : "हला आर्यपुत्र! वे तो सो गए!"

उनको आश्चर्य हुआ।

नर्तकी मेषा ने कहा : "नृत्य सुन्दर नहीं हुआ।"

वे डर गईं।

पिंजरिका ने कहा : "डरती क्यों हो? आर्यपुत्र के आज पुत्र हुआ है, वह प्रसन्न हैं।"

मेषा ने घबराहट छिपाने के लिए कहा : "अरी! भूल तो सभी से होती है।"

वे सो गईं। प्रासाद शान्त हो गया।

आधी रात होने के पहले ही अचानक सिद्धार्थ जाग उठा।

क्या वह सो रहा था!

वह क्या था! उसका स्वप्न था!!

वृद्ध रोगी सिद्धार्थ घूम रहा था। भद्रा कापिलायिनी मृत पड़ी थी। प्रासाद में हाहाकार मच रहा था!!

कितना भयानक था वह स्वप्न!!

आज आनंद की अखण्ड बेला में वह भीषण यातना का स्वप्न!!

सुगन्धित तेल-पूर्ण प्रदीप जल रहा था। उसका मन्दिम प्रकाश अँधेरे में काँपता हुआ खिल रहा था।

सिद्धार्थ को लगा, उसका जीवन भी वैसे ही एक अनिश्चय और अँधेरे से डगमग कर रहा था।

वाद्य पर उँगलियाँ अटकी रह गई थीं, और कोई सुन्दरी पड़ी थी। उसकी उन्नत पीन कुचों पर उजाला पड़ता था। सिद्धार्थ को लगा, वे कुच नहीं थे, वह एक मदाँध हाथी के माथे के समान थे जिनसे टकराकर पौरुष चकनाचूर हो

जाता था।

सिद्धार्थ का मन धड़क उठा।

कितना बड़ा षड्यन्त्र था यह सब!

बाँधने के लिए कितनी शृंखलाएँ थीं यह! और मनुष्य इन्हीं कड़ियों को इतना प्यार करता था!

आखिर क्यों? क्या था इसमें?

यह सारा प्रासाद एक दिन बियाबान खण्डहर हो जाएगा, उसने सोचा, फिर वहाँ वन्य पशु चिल्लाया करेंगे। हमारे समस्त सुन्दर स्वप्न एक दिन इसी तरह काल की ठोकर से धूलि में मिल जाया करते हैं?

यह रूप नहीं रहेगा, बुढ़ापा इन पीन कुचों को ऐसा ढीला कर देगा कि फिर यह लटकने लगेंगे। और तब इन्हें देखकर घृणा होने लगेगी।

रोग...काले और कुरूप रोग आकर इस स्त्री को डस लेंगे और तब यह साँप के विष जैसी यंत्रणा में छटपटाने लगेगी ...

और फिर मृत्यु...मृत्यु इसका रक्त चूसने लगेगी। मृत्यु, सर्वग्राहिणी, सर्वभक्षिणी मृत्यु, सर्वनाशिनी मृत्यु, सर्वव्यापिनी मृत्यु आएगी और इसकी भाँति सबको अपने जबड़ों में चबा-चबाकर फेंकेगी!

कौन?

मृत्यु आती नहीं। वह तो अब भी है। प्रत्येक वर्ष वह मनुष्य की आयु को एक-एक वर्ष करके अपने मुँह में भरती जाती है, जैसे कोई पशु किसी शिकार को पकड़ता है...

राहुल!!

आया है आज!! वह कोमल पुष्प! उसके आने पर सब मंगल मना रहे हैं। वह मंगल क्या सच्चा है! पुरस्कार और धन की आशा में कई लोग झूठा आनन्द दिखा रहे हैं!!

भद्रा, तू ममता है! तू समझती होगी कि तूने आज अपने नारीत्व का चरम उत्कर्ष किया है। तेरा उत्कर्ष आज एक नए प्राणी की यातना का नये सिरे से प्रारम्भ है। उसके मोह और अज्ञान का-सा उत्तरदायित्व तेरी उस अन्धकारमयी वासना पर है, जिसने तुझे सुख के नाम पर प्रसव का कठोर कष्ट दिया।

और हठात् सिद्धार्थ की आँखें ठहर गईं।

यर वह क्या देख रहा है!

उसका सिर चकराने लगा।

एक सुन्दरी के मुँह से कफ-सा निकल रहा था।

इसके कण्ठ से सुरीला संगीत निकलता था।

उसको सुनकर सिद्धार्थ झूमता था। आज यह कैसी गन्दगी निकल रही थी!!

उफ, कितनी घृणित थी वह!!

तो यह कफ भरा था इसमें? वह जब मुस्कराकर बात करती थी तब लगता था फूल झड़ रहे हैं। और उसके मुख से निकलती बातें कितनी प्यारी लगती थीं। एक-एक शब्द आत्मा को सांत्वना देता था।

आज तक सिद्धार्थ इन्हीं में भूला रहा था!

यह नारी! कलकंठ गायिका!

इसके संगीत में भाव उन्नत होकर उज्जवल आलोक विकीर्ण करते थे।

क्या था जो वह समझ नहीं पाया था अब तक!

उसके सामने ही यह सब हो रहा था!

वह विलास में भूला हुआ जीवन की इस कठोर वास्तविकता को झुठाए दे रहा था।

और तब ही किसी सुन्दरी ने करवट ली। सिद्धार्थ ने देखा। वह रमणी अनिंद्य सुन्दरी थी; उसके शरीर पर अभी तक रक्तवर्ण अंगराग लगा था।

किंकिणी बजी। उसी कटि पर वह कोमल स्वर हुआ ज़िसमें एक दिन सिंद्धार्थ ने आप हाथ डाला था। वह विभोर हो उठी थी और उसने अधमुन्दी आँखों से देखकर ऐसे मुस्कराया था जैसे मालती ने झूमकर गन्ध फैला दी हो।

सिद्धार्थ ने देखा उसका शरीर उसके मुँह से निकलती लार से भीग गया था।

नींद ने चेतना खो दी है।

उस खोने में एक सत्य जागा है।

सारे प्राणी अपने अर्द्धज्ञान में ऐसे ही पड़े हैं। रात में काल के हाथ में रहते हैं, दिन में मोहवश अपने को सजाने का प्रयत्न किया करते हैं।

उसे लगा वह रक्त से भीग गई थी।

रक्त!

यही तो है उसके भीतर!

घृणित कफ! लार! थूक! रक्त! और ऊपर से कितनी स्निग्धता इस घृणा को ढके रहती है!!

क्या यह सब जीवित हैं। क्या यह मृत्यु नहीं है? क्या यह अज्ञान में मृत्यु नहीं है?

अज्ञान क्या है?

सत्ता की वास्तविकता का न जानना।

अपने-आपको भूलकर अपने को अपनी सीमित परिस्थितियों में ही बहलाते रहना मनुष्य का सबसे बड़ा अपराध है। मनुष्य कायरता के कारण बड़े सुख को छोड़कर क्षणिक सुख में लगा रहता है।

उफ! कितना भयानक है यह सब!!

साधना का पंथ छोड़कर वह अमर विजय के स्थान पर क्षणिक प्राप्ति में डूबा रहता है।

सारा प्रसाद धधक क्यों रहा है?

कितनी भीषण आग है यह, जो पल-पल एक-एक लपट बनकर सुलग रही है। यह वासना का तृप्त करने वाला शीतल स्पर्श, उस ज्वाला का ही एक रूप है, जो धीरे-धीरे पोषण के नाम पर सब कुछ शोषण कर लेती है।

कौन है तू रे विकराल छल! तेरा तो जाल द्यावा पृथ्वी में ऐसा घिरा हुआ है कि कहीं भी मुक्ति का पथ नहीं दिखाई देता! कहाँ जाए यह व्यक्ति, जो इस आर्त्त बुभुक्षा की व्याकुलता से मुक्त हो सके?

एक स्त्री बर्रा उठी और कभी-कभी उसके दाँत बज उठते।

यह है इनकी वास्तविकता!

दिन में और रात में और!!

यह किससे डर रही है!!!

और फिर सिद्धार्थ ने देखा, एक सर्वश्रेष्ठ सुन्दरी का वस्त्र हट गया था, घृणोत्पादक गुह्यस्थान दिखाई दे रहा था।

यह है स्त्री का वास्तविक रूप?

इसीलिए पुरुष व्याकुल रहता है!

सिद्धार्थ घृणा से भर उठा था। उसने कहा धिक्कार है सिद्धार्थ! तू इसी के लिए अपने-आपको भूला रहा।

इसमें सौन्दर्य क्या है? क्या है इसमें आकर्षण? कुछ नहीं। केवल माँसपिण्ड। चमड़े से मढ़ा हुआ माँस का लोथड़ा, अपने मन से हारकर ही मनुष्य इस सब में डूब जाता है।

सिद्धार्थ का दम घुटने लगा। उसे लगा वह अब सह नहीं सकेगा! वह उठ

खड़ा हुआ।

उसने नयन मूँद लिए।

इसीके लिए सब कुछ है? उसने फिर सोचा!

यही वह चक्र है जिसमें निरन्तर घूमते रहना है!

क्यों?

फिर मुक्ति कहाँ है?

सिद्धार्थ ने नयन खोले।

वह सुअलंकृत इन्द्रभवन-सा प्रासाद, उसे लगा, सड़ती हुई लाशों से भरे कच्चे श्मशान-सा था।

कितनी बदबू आ रही थी!!

इन स्त्रियों में मूत्र-मल भरा है और फिर भी ये सुन्दरियाँ हैं! इन्हीं के गन्दे शरीर में प्राणी रहता है और इनके मल-मूत्र में पड़ा सड़ता है। इन्हीं के इस अपवित्र शरीर से वह ज़न्म लेता है और फिर अन्धा संसार मंगल मनाता है!

उसे त्रिभुवन जलते हुए घर-से दिखाई दे रहे थे।

आग लग रही थी।

यह कैसी आग लग रही थी आज जो सिद्धार्थ को आमूलशिखर हिलाए दे रही थी?

यहीं रहना है सिद्धार्थ! यहीं सारा जीवन इसी मूर्खता में नष्ट करना है?

मैं यहाँ नहीं रह सकूँगा।

यह मेरा घर नहीं है।

यह माता-पिता भूल है।

यह सब छल है।

क्षणभंगुर जीवन धूल में पड़ा है।

कितनी बार जन्म लेकर मरना है मुझे जो बार-बार यह यातना पाता रहूँ!!

असम्भव है सिद्धार्थ! यहाँ रहकर मुक्ति पाना असंभव है। जल में रहकर मगर कभी भी सूखा नहीं रह सकता। उसे भी साँस लेने के लिए ऊपर आना पड़ता है।

सिद्धार्थ का सिर फटने लगा।

सिद्धार्थ ने द्वार के पास आकर कहा : "यहाँ कौन है?"

कोई नहीं बोला।

"सब सो रहे हैं।" सिद्धार्थ ने सोचा। प्रासाद नितांत नीरव था। उसने फिर पुकारा, "अरे कोई है?"

उम्मार (ड्योढ़ी) में छन्न सोया था। जागकर बोला : "आर्यपुत्र! मैं छन्दक हूँ।"

"मेरे लिए एक अश्व तैयार कर!"

स्वर अजीब था।

"इस समय देव!"

"अभी!"

छन्दक डरा परन्तु प्रश्न करने का साहस नहीं हुआ। कहा : "जो आज्ञा देव अभी लाता हूँ।"

सिद्धार्थ का हृदय धक्-धक् कर रहा था।

कुछ ही देर में जब छन्दक तुरंग कन्थक को सजाकर लाया तो देखा सिद्धार्थ नहीं है। फिर देखा, आर्यपुत्र धीरे-धीरे आ रहे हैं। वह आगे आ गया, कहा : "देव! अश्व आ गया है।"

सिद्धार्थ गम्भीर था। अब वह घबराया हुआ-सा नहीं लग रहा था। वह लौटा हुआ सिद्धार्थ था। वह राहुल और राहुलमाता के पास से लौटा हुआ सिद्धार्थ था।

अम्मणों भर चमेली के फूलों से ढकी शैया पर भद्रा कापिलायिनी अपने पुत्र के साथ सो रही थी।

सिद्धार्थ ने नहीं जाना चाहा।

वहाँ कोई नहीं है!

है, मेरी भद्रा है।

भद्रा तो तेरी कोई नहीं?

परन्तु पाँव चले। वे रुके नहीं।

सिद्धार्थ मत जा!

कायर!

ठकर! देखने दे मुझे।

शयनागार का द्वार धीरे से खोला। सब सो रहे थे। सब।

भद्रा राहुल के साथ सो रही थी। वह प्रसन्न थी। उसके होंठों पर गरिमा से भरी मुस्कान थी। वह माता थी। वह अपने को सफल नारी समझ रही थी।

उसकी बगल में यह कौन है?

मेरा पुत्र!

मेरी आत्मा का प्रतिनिधि!!

हृदय उमग उठा।

किसका पुत्र! कोई चिल्लाया।

सिद्धार्थ का।

नहीं यह काल शृंखला है, जो सेवा और पोषण के नाम पर मोह में बाँध लेता है।

यह कौन है?

भद्रा कापिलायिनी! गोपा! यशोधरा! देवदह की सर्वश्रेष्ठ सुन्दरी। दण्डपाणि कोलिय खत्तिय की अत्यन्त प्रिय पुत्री।

भद्रा! मेरी भद्रा।

यह भद्रा नहीं है। यह छलना है। यह चमड़े से ढका माँसपिण्ड है, जो झिलमिलाकर राह भुलाता है।

ये तेरी कोई नहीं है, यह सब पथ के माध्यम हैं।

पुरुष का पथ इतना सहज नहीं है।

फिर?

छोड़ चल!

इसे भी?

ये बन्धन हैं...

भद्रा भी?

हाँ, यह भी। यह सबसे क्रूर है।

क्यों?

क्योंकि इसकी मार कोमलतम है।

भद्रा बन्धन है...! भद्रा भी बन्धन ही है...

और वह जो इसके साथ लेटा है...वह क्या सिद्धार्थ का वारिस नहीं है... पुत्र बंधन है या वह स्वर्ग का सोपान है। वही तो पितृऋण से मुक्त करता है!

कोई नहीं करता। मनुष्य का अच्छा-बुरा काम ही सुख-दुख देता है। बाकी सब वाह्य छलना है।

अन्धकार छा रहा है। कितना भीषण है यह तिमिर!! इससे स्वतन्त्रता कहाँ है?

इससे भाग चल सिद्धार्थ!

किन्तु कहाँ!

वहीं, वहीं जहाँ यह न हों।

सिद्धार्थ का मन फिर हिल उठा था। उसने पूछा। वह कौन-सा स्थान है?

"वही, जहाँ श्रमण रहता है।" सिद्धार्थ ने बड़बड़ाया और द्वार भेड़कर सोपनों से उतरने लगा।

"आर्यपुत्र!"

"मैं महाभिनिष्क्रमण करूँगा छन्दक!"

"देव!" छन्दक अवाक् था।

"छन्दक!"

सिद्धार्थ घोड़े पर बैठ गया था।

छन्दक ने पूँछ पकड़ ली। घोड़ भाग चला। रात्रि की नीरवता में छन्दक ने कहा : "प्रभु! इस समय कहाँ जा रहे हैं?"

सिद्धार्थ ने कुछ नहीं कहा।

महाद्वार के प्रहरी ने पूछा : "कौन है?"

छन्दक ने कहा : "महासम्मत कुलीन कुमार सिद्धार्थ हैं, द्वारपाल! द्वार उन्मुक्त कर!"

द्वार खुल गया।

नगर से निकलते ही एक हवा का झोंका आया। शीतल, परन्तु अज्ञात का भय भरे हुए, भविष्य जिसमें काला-काला-सा दिखाई देता था।

"लौट चल सिद्धार्थ।" सुखों की पुरानी आदत ने उस अनिश्चित की ओर देखकर कहा : 'कहाँ जा रहा है? इस पथ को देखा है?"

"यह पथ कठिन है, मैं भी जानता हूँ ।'

"परन्तु इस पर जाने से लाभ भी क्या है?"

"लाभ! मैं इस सबसे डरता हूँ। यह सब मृत्यु का ही दूसरा रूप है। जीवन नहीं है।"

मन में वासना उठी। कहा : 'प्रभु! यह पथ नहीं। इससे भी बढ़कर एक और मार्ग है। उधर क्यों नहीं चलते? यदि अपनी सीमा की क्षुद्रता तुम्हें ग्राह्य नहीं है तो और भी अनेक पंथ हैं।"

"तो फिर क्या हैं वे!! क्या हैं वे? शीघ्र कहो!"

"तुम कौन हो?"

"मैं राजकुल का उत्तराधिकारी हूँ। मैं स्वायत्त शासन का स्वामी हो

सकता हूँ।"

"तो सात दिन में तुम्हारा चक्ररत्न उदय हो सकता है, सिद्धार्थ!"

"वह कैसे?"

"क्या तुममें पराक्रम नहीं है? तुम क्या खड्ग नहीं उठा सकते। आर्य, तुम क्षत्रिय हो!"

"फिर क्या होगा उससे?"

"पृथ्वी मण्डल पर राज्य कर सकते हो!"

"वैभव काँपेगा!! जयनिनाद गूँजेंगे!!!"

"शाक्य कल ही खड्ग लेकर उठ खड़े होंगे। सब सिद्धार्थ की ओर होंगे।"

"अखण्ड पराक्रम आसमुद्र गूँजेंगे।"

"सम्राट सिद्धार्थ!!!"

'बस!!!'

क्षत्रिय का हृदय अपनी गरिमा से उठा था, फिर भी वह लड़खड़ा गया था। और फिर सन्देह ने कहा : "पर तुम लड़ सकोगे?"

परन्तु फिर मन में किसी ने कचोटा : "फिर? शान्ति मिलेगी?"

"शान्ति! वह कायरों की बात है?"

"कायर!!!'

'अरे जिनमें शक्ति नहीं, वे ही पराक्रम से दूर हटने के रास्तों की खोज में लगे रहते हैं।"

सिद्धार्थ ने कहा : "मेरे बन्धन! अरे मार!"

लगा अन्धकार ने कहा : 'मैं यशवर्ती हूँ। लौट चल!"

तब सिद्धार्थ ने कहा : "मार! यह चक्ररत्न का प्रादुर्भाव भी अब मुझे नहीं जीत सकेगा। मुझे राज्य नहीं चाहिए। मैं तो साहस्रिकलोक-धातुओं को उन्नादित करके बुद्ध बनूँगा।'

और अपूर्व साहस जागा। उसने कहा : 'यही उचित है सिद्धार्थ! यही तेरे योग्य बात है। तू क्या अपने को बेचकर सुखी रह सकेगा?"

कामना, द्रोह, हिंसा, सबके तर्कों ने सिर झुका लिया।

फिर गरिमा ने कहा : "यह सब त्याग के योग्य हैं, व्यर्थ हैं।"

अब परन्तु आषाढ़ की पूर्णिमा को उत्तराषाढ़ नक्षत्र में वह त्यागी फिर व्याकुल होने लगा।

वह जा तो रहा है, परन्तु कहाँ तक जाना है उसे?

वह तो स्वयं नहीं जानता!

उसने सोचा : ''नगर! सब छंट रहा है, नगर भी आज छूटा जा रहा है, इसके भीतर ही तो जीवन ने आँखें खोली थीं, इसी में तो वह सबसे मीठी स्मृतियाँ हैं?''

''छूट जाने दो...'' फिर किसीने कहा—''यह नगर दम्भ पर खड़ा है। इसमें सब भूले हुए हैं, वे नहीं जानते, वे यातना से ग्रस्त प्राणी हैं, भटक रहे हैं।''

तूने लौटकर देखने का काम कभी नहीं किया है—

''मैं नहीं लौटूँगा...''

लौटने वाला आगे कभी नहीं बढ़ता।...

उस दृढ़ता ने सिद्धार्थ को बल दिया। और तब सत् की कामना ने कहा, 'तू अकेला नहीं है सिद्धार्थ, तू अकेला नहीं है...'

लगा चारों ओर उल्काएँ जल उठी हों, स्वयं नाग और सुपर्ण आदि देवता चल रहे हों...

और धीरे-धीरे शाक्य, कोलिय और रामग्राम के राज्य पार हो गए। अनोमा नदी आ गई।

सिद्धार्थ ने घोड़ा रोक दिया। कंथक के शरीर पर पसीना आ गया था। वह थक गया था। हाँफ रहा था। किन्तु सिद्धार्थ का ध्यान उधर नहीं था।

''यह कौन-सी नदी है?'' उसने पूछा।

''देव अनोमा है।'' छन्दक ने उत्तर दिया।

''हमारी भी प्रव्रज्या अनोमा होगी।'' कहकर, सिद्धार्थ ने एड़ लगाई। वह बलिष्ठ और ऊँचा घोड़ा पानी में उतर गया और तैरने लगा। छन्दक उचककर पीठ पर चढ़ गया। घोड़ा दोनों को लेकर पार हो गया।

घोड़ा रुक गया। वह हाँफ रहा था।

सिद्धार्थ नीचे उतर गया। छन्दक उसके पहले ही कूद पड़ा।

''यह क्यों शिथिल है, छन्दक?''

छन्दक ने कन्थक के कन्धों पर हाथ फेरा। घोड़ा व्याकुल था।

''देव, बहुत विश्रान्त है!'' छन्दक ने उत्तर दिया।

सिद्धार्थ क्षण-भर खड़ा रहा।

''प्रभु!'' छन्दक ने डरते हुए कहा।

''क्या है छन्न?'' सिद्धार्थ ने पूछा।

''देव! अब?''

''सौम्य छन्दक! तू मेरे आभूषणों और कन्थक को लेकर जा, मैं प्रव्रजित होऊँगा।''

''आप स्वामी!'' छन्दक सिहर उठा।

''छन्दक! मैं सब छोड़ आया हूँ। अब मेरे लिए वह सब कुछ नहीं रहा। मैं उस सबसे ऊब गया हूँ, छन्न! वह सब सुख नहीं था, सुख की छलना थी।

''देव! मैं भी चलूँगा।'' छन्न ने कहा।

''क्यों?''

''देव! मैं आपके साथ ही रहा हूँ। जिस दिन आपने जन्म लिया था उसी दिन मैं भी जन्मा था। मैं आपकी सेवा करने को ही जन्मा हूँ। मैं भी प्रव्रजित होऊँगा।''

''तुझे प्रव्रज्या नहीं मिल सकती, छन्दक! यह मार्ग सबके लिए नहीं है।''

''क्यों देव, क्या आप ही जा सकते हैं? महाराज! आपने समस्त वैभव का भी कुछ सोचकर ही त्याग किया है, फिर मुझे क्यों इसी जाल में फंसा रहने को छोड़ रहे हैं? यह नहीं, मुझे भी यह नहीं चाहिए।''

सिद्धार्थ ने धीमे से कहा : ''उत्तेजित न हो छन्दक! तू नहीं जानता इसे। तू अधिकारी नहीं है छन्दक।''

''स्वामी, मैं अज्ञानी हूँ।''

''तू लौट जा!''

''स्वामी, मैं क्या मुँह लेकर लौट जाऊँ? मैं ही वह अभागा था। ब्रह्म! तूने मुझे ही उम्मार में क्यों सुलाया! यह दारुण कर्म क्या मेरे ही हाथ से होना था? लोग मुझसे पूछेंगे तो मैं क्या कहूँगा, आर्य! मुझे भी ले चलें।''

''फिर भी एक ही बात है, छन्दक!'' सिद्धार्थ ने कहा, ''यह मार्ग विवश होकर ग्रहण करने का नहीं है। इसमें पूर्ण तृप्ति की ही आवश्यकता है।''

छन्दक रोने लगा।

''रो नहीं छन्दक। आज ही आनन्द की बेला है। मैं अपने कठोर पाशों को आज काट आया हूँ। आज के बाद मैं सचमुच अब संसार में स्वतन्त्र हो आऊंगा।''

सिद्धार्थ ने खड्ग उठाकर अपने केश काटे।

''देव! यह तो सुन्दरतम केश थे?''

''नहीं छन्न! यह जितने चिकने और काले हैं, उतना ही इनमें वासना का विष भी है। यही यौवन को डसने वाले सर्प हैं जिनमें से उन्माद का हलाहल विनष्ट

हो जाने पर बुढ़ापे में सफेदी आ जाती है।''

सिद्धार्थ ने उठाकर जूड़ा फेंक दिया। अन्धकार में वे स्निग्ध केश कहीं जाकर गिर गए।

सिद्धार्थ के कटे बालों का वह नया रूप देखकर छन्दक का हृदय फटने लगा। कहा : ''प्रभु! सब कुछ काट रहे हैं तो मुझे ही यह सब क्यों दिखा रहे हैं?''

''छन्दक, मेरी ओर से मेरे माता-पिता से आरोग्य कहना।'' सिद्धार्थ ने कहा।

''और कुछ, देव!''

''कुछ नहीं! तू जा!''

छन्दक ने वन्दना की और प्रदक्षिणा करके खड़ा हुआ। सिद्धार्थ अन्धकार में बढ़ चला।

छन्दक तब तक खड़ा रहा जब तक सिद्धार्थ की एक छाया भी दिखाई दी, फिर वह फूट-फूटकर रो पड़ा। उसी समय कंथक सदा के लिए पृथ्वी पर गिर गया। वह आज सचमुच चला गया।

रात का गहन अन्धकार अब कितना गहरा हो गया था, छन्दक के अतिरिक्त उस समय और कौन समझ सकता था। सिद्धार्थ को लगा था वह तल में से उठकर ऊपर आ गया था और विशाल समुद्र की ऊभचूभ होती लहरों पर बह चला था। वह इन लहरों का स्वामी हो जाएगा! वह इस सबको पराजित कर देगा!

छन्दक का मन विदीर्ण हो गया था। क्या कहेगा वह घर लौटकर? महाप्रजापती गौतमी, शुद्धोदन, अमृतोदन, भद्रा कापिलायिनी...महानगर... कपिलवस्तु...फिर देवदह...सब...उससे पूछेंगे...

वह क्या कहेगा तब?

फिर?

जीवन एक यात्रा बन गया, परन्तु उसका कोई भी अन्त नहीं था।

सिद्धार्थ अनपिया के आम्रवनों में घूमता हुआ अन्त में पैदल चलता राजगृह पहुँचा। जब वह भिक्षा माँगने निकला तो उसका सौन्दर्य देखकर रमणियों और लोगों में कौतूहल जाग उठा।

सिद्धार्थ! राजा का पुत्र! कैसे माँग सका था वह भिक्षा! लोग आश्चर्य से देखते थे। कोई-कोई हाथ हिला देता था। पहले अपमान-सा लगा, परन्तु मन ने

कहा : "सिद्धार्थ! अपने अहं को कुचल दे, उसे..."

मगधराज बिम्बसार ने राजपुरुषों को पीछा करने की आज्ञा दी। वह प्रासाद पर खड़ा था। सिद्धार्थ को देखा तो उसे आश्चर्य हुआ। उसे सन्देह हुआ।

सिद्धार्थ पथ पर भीख मांग रहा था। और उसके भीतर अब शांति का स्थान नम्रता ले रही थी।

पेट के लिए इतना काफी होगा, सोचकर जो भोजन मिला वही लेकर सिद्धार्थ नगरद्वार के बाहर पाण्डव पर्वत की छाया में पूर्व दिशा की ओर मुख करके बैठकर खाने लगा!

कितना बुरा था वह भोजन।

लगा था आँतें उलट जाएँगी।

राजपुरुषों ने छिपकर सुना, वह सुन्दर तपस्वी बड़बड़ा उठता था—तू, अन्नपान सुलभ कुल में—तीन वर्ष के पुराने सुगन्धित चावल का भोजन करता था...नाना प्रकार के अत्युक्त रसों के साथ भोजन किए जाने वाले स्थान में जन्म लेकर भी तूने चीवरधारी भिक्षु को देखकर सोचा था—कि मैं भी कब इसी भाँति भिक्षु बनकर निश्चिन्त हो माँगकर भोजन करूँगा...आज क्यों हार रहा है... दृढ़ हो...मन दृढ़ हो...यही सोचकर घर से निकला था, अब यह क्या कर रहा है?

सिद्धार्थ जब जाने लगा तो देखा सामने मगधराज बिम्बसार था।

"भिक्षुप्रवर! आप कौन है? यह सुन्दर देह, यह यौवन! इस सबके रहते हुए यह वेश क्यों!" बिम्बसार ने कहा : "क्या किसी रमणी ने आपका तिरस्कार किया?"

"राजा, यह सब छल है।" सिद्धार्थ ने मुस्कराकर कहा, "मैं स्त्री प्रेम में नहीं, लोक-प्रेम में प्रव्रजित हुआ हूँ।"

"भिक्षुप्रवर! यह जीवन यों ही नष्ट करने से क्या लाभ! अभाव आते हैं चले जाते हैं। तुम निराश न हो युवक! फिर से जीवन बन सकता है। आओ, मैं तुम्हें भूमि दूँगा, मैं तुम्हें धन दूँगा। तुम इतने हताश क्यों होते हो?"

सिद्धार्थ ने मुस्कराकर कहा : "मुझे न वस्तु-कामना है, न भोग की ही कामना है, महाराज! मुझे उन सबकी कमी नहीं थी। मैं शाक्य हूँ, कुलपुत्र हूँ। मेरे पास एक नहीं, अनेक प्रासाद थे। उनमें अत्यंत सुन्दर रमणियाँ रहती थीं। परन्तु वह सब एक भ्रम था, एक धोखा था, उसमें सत्य नहीं था।"

कुलपुत्र! शाक्य!! क्षत्रिय!

"तुम क्षत्रिय हो?"

"भिक्षु हूँ, महाराज!"

बिम्बसार ने सोचा—तब तो गहरा आदमी है।

"फिर क्या पाओगे युवक?" उसने पूछा।

"कल्याण का मार्ग।" सिद्धार्थ ने दृढ़ स्वर से उत्तर दिया।

उसने कहा : "जाओ युवक! तुम निस्सन्देह धन्य हो! यदि तुम सफलता प्राप्त कर सको, तो जीवन का वह सत्य प्रथम हमारे राज्य में ही लाना। राजनीति से कलुषित जम्बूद्वीप में यदि तुम्हारा स्वर मनुष्यों को सुख दे सके तो वह जीवन, वह भव्य ज़ीवन, इन कुचक्रों-भरे जीवन से कहीं अधिक महान होगा। तुम सब कुछ छोड़ आए हो, इन्द्र करे तुम सब कुछ पा सको।"

और फिर आलारकालाम और उद्दक रामपुत्र! परन्तु वे दोनों मेधावी, प्रसिद्ध दार्शनिक, सिद्धार्थ की ज्ञान-पिपासा को बुझा नहीं सके। योग के चमत्कार उनकी सफलता की चरम अभिव्यक्ति के रूप में प्रकट थे। उससे क्या मन को शान्ति मिल सकती थी? राजगृह की उपजाऊ धरती को पाँच पर्वतों ने घेर रखा था। पूर्व की ओर यहाँ गुहाओं में साधक और तपस्वी रहते थे : परन्तु वे केवल साधनारत थे, वे किसी नवीन मार्ग का आलोक प्राप्त नहीं कर सके थे।

अन्त में उरुबेला का वन आया। सिद्धार्थ गौतम यहाँ आकर ठहर गया। अटूट शान्ति में वह समाधिस्थ हो गया।

पंचवर्गीय। भिक्षुओं ने देखा तो तो श्रद्धावनत होकर सेवा करने लगे। उन्होंने देखा एक सुन्दर तपस्वी अपने शरीर को गलाए दे रहा था।

उन्हें लगा वह निश्चय ही पूर्णप्रज्ञ होकर रहेगा। तब वे उसकी सेवा में अर्पित हो गए। सिद्धार्थ अपनी साधना में रत था, भिक्षु उत्सुक बने रहते।

और सिद्धार्थ के उपवास, तप को देखकर पाँचों में सबसे बड़ा कौण्डिन्य, वही जो सिद्धार्थ के जन्म के दिन ही परिव्राजक हो गया था, आश्चर्य करता।

वह कहता : "निश्चय ही यह आर्य्य सत्य से साक्षात्कार करेगा। मैंने रात को भी नींद में जागकर देखा है। इसने शरीर को कष्ट देने में पराकाष्ठा कर दी है। न सोता है, न विश्राम ही करता है।"

शाक्य शुद्धोदन के दूत आए और चले भी गए, इसका कुछ आभास-सा अवश्य था, परन्तु निश्चय नहीं था। कौन आया, कौन गया, इसका अब कोई मूल्य नहीं रह गया था।

प्राणायाम के अवरुद्ध श्वासों ने शरीर को सुखा दिया। उस युग के वायुभक्षी

तपस्वी, पत्ते खाने वाले भी आश्चर्य से भर गए। सिद्धार्थ का शरीर काला पड़ने लगा। भूख को मारते-मारते वह अपने अहं की जगह अपने शरीर को मारने लगा।

और कठोर साधना में छह वर्ष बीत गए।

आस-पास के लोग चकित हो उठे। सुन्दरियाँ उस युवक की साधना को देखने आने लगीं। उनके लिए वह एक आश्चर्य की बात थी। वे सोचतीं : आखिर यह क्यों कर रहा है?

और सिद्धार्थ स्वयं सोचता। रात आती, जागते बीत जाती, दिन आता एक ही आसन से बीत जाता और दिन और रात की सन्धियाँ आँखें मूँदे बीत जातीं।

निराहार सिद्धार्थ का शरीर अत्यन्त दुर्बल हो गया। उसके सिर के बाल झड़ने लगे। भूखे रह-रहकर पेट में वायु गड़गड़ाती। और उसके हाथ-पाँवों पर झुर्रियाँ पड़ गईं। पसलियाँ चमकने लगीं और आँखें उजाले से चौंधियाने लगीं।

उठकर चलता, तो वह गिर पड़ता। मल-मूत्र त्यागने जाता, तो एक कठिनाई सामने आ जाती। वह अकेला चलने में घोर कष्ट पाता। कभी-कभी पड़ा-पड़ा सोचता, सिर दर्द से फटने लगता। परन्तु छः वर्ष की यह भीषण यातना सिद्धार्थ के शरीर को बचपन और यौवन के भोगों के कल्मषों को धो गई। वह तपस्पूत हो गया। अब शरीर को मन के प्राबल्य ने उठा रखा था।

और सिद्धार्थ ने सोचा : "क्या है बुद्धत्व का मार्ग?"

यातना!!

अचानक किसी सत्ता के सत्य ने पुकारा : 'यह जीवित रहने में आत्महत्या का पथ है, सिद्धार्थ! शरीर को कष्ट देना मन को पवित्र करना नहीं है। नहीं है...'

सिद्धार्थ उठने लगा। वह आज धड़ाम से गिर गया।

श्वासरहित हो अत्यन्त क्लेश से पीड़ित होकर सिद्धार्थ पृथ्वी पर गिरकर ऊर्ध्वश्वास लेने लगा।

लगा वह मर जाएगा।

उसने पुकारा : "पानी..."

किन्तु अवरुद्ध स्वर कण्ठ में अटक गया।

कितनी दारुण यातना थी वह!

यही है वह जो भोगों में मत्त रहता था? किसलिए उठा रहा था वह इतना दुःख! किसलिए? कहाँ है वह शान्ति?

निर्बलता की धुन्ध ने आँखों में एक निराशा भर दी थी। वह उससे पार होना चाहता था।

सिद्धार्थ उठा। परन्तु वह उठ नहीं सका। बड़ी देर तक यों ही आर्त्त-सा पड़ा रहा।

बहुत देर बाद जब चेतना लौटी तो सिद्धार्थ ने पानी पिया। कुछ आँखें खुलीं और एक नया सत्य जागने लगा जो वह झुठाना चाहता था, मिटाना चाहता था, और उसने कहा : अन्न! कहाँ है अन्न! और उसके वस्त्र भी कितने जीर्ण हो गए हैं! कितने जीर्ण!''

तब! क्या वह भिक्षार्थ इस नग्नरूप में जा सकेगा सबके सामने?

जीवन ने अपनी रक्षा के लिए श्मशान का एक कफन ओढ़ा। महाकुलीन सिद्धार्थ कफन ओढ़कर चला। मृत्यु के भय को जीवन की अपराजित शक्ति ने दबाकर हटा दिया। सिद्धार्थ के सामने नया सत्य था। उसने कहा : 'सिद्धार्थ आज से तू मृत्युञ्जय हुआ।'

सिद्धार्थ ग्रामों, बाजारों में भिक्षा माँगता-खाता बढ़ चला। ग्राम से बाहर आती-जाती स्त्रियों और लड़कियों ने उसे भोजन दिया। धीरे-धीरे शक्ति लौट आई।

उसने सोचा : 'बुद्धि का आधार अन्न है। उसे छोड़कर शरीर को अत्यन्त कष्ट देना बुद्धि को ही आतंकित करना है। उससे लाभ नहीं होता, विकारों को हटाने के स्थान पर दृढ़तर किया जाता है।'

सिद्धार्थ लौटा। परन्तु परम्परा का लेख टूट गया था।

कौडिन्य ने देखा तो कहा : ''यह तप पूर्ण नहीं कर सका भिक्षुओ! यह फिर भोगों की ओर लौट रहा है।''

पञ्चवर्गीय भिक्षु उसे भ्रष्ट समझकर छोड़कर चले गए, दूर अठारह योजन पर बसे ऋषि पत्तन की ओर।

सिद्धार्थ ने देखा। वह अकेला रह गया था। तो क्या उसे मर जाना चाहिए था? किन्तु उससे लाभ ही क्या था? वह कायर नहीं है। वे नहीं जानते, तो क्या सिद्धार्थ को भी उनकी प्रसन्नता के लिए सिर झुकाना चाहिए?

सिद्धार्थ उरुबेला की ओर बढ़ चला। धीरे-धीरे उसका रंग फिर निखर आया और वही सम्मोहन उस पर बिंबित होने लगा।

उस समय उरुबेला के सेनानी नामक कस्बे में सेनानी गृहस्थ की पुत्री सुजाता ने बरगद के एक वृक्ष से जो प्रार्थना की थी कि समान जाति का कुल-घर मिले, गर्भ धारण करूँ तो प्रतिवर्ष बलि-कर्म करूँगी, सो वैशाख पूर्णिमा को वह वहीं आई जहाँ सिद्धार्थ बैठा था।

सुजाता धनी परिवार की स्त्री थी। उसने पहले एक हजार गायों को यष्टिमधुवन में चरवाकर उनका दूध दूसरी पाँच सौ गायों को पिलवाया, फिर 500 का 250 गायों को, और इस प्रकार अन्त में एक-दूसरी का दूध पिलाते हुए 16 गायों का दूध आठ गायों को पिलवाया। दूध बड़ा स्वादिष्ट और गाढ़ा उतरा। भिनसार ही उठकर वे आठ गाएँ दुहवाकर, नए बर्तन में उसने खीर पकाई। अपनी पूर्णा नामक दासी से कहा : "अम्बा! शीघ्र जाकर देवस्थान को साफ कर। पूर्णा ने सिद्धार्थ को देखा तो समझी वृक्ष का देवता उतर आया है। सुजाता ने सुना तो उसे दासीत्व से मुक्त कर दिया और सिद्धार्थ को खीर देकर सोने का थाल भी चढ़ा गई।

सिद्धार्थ ने उस खीर को खाया तो चेतना जाग उठी। बुद्धि फिर चमक उठी। उसे लगा, वह जो कुछ खो रहा था, वह सब फिर लौटने लगा था।

वहीं बैठा था यह सिद्धार्थ! निरंजना के तीर पर! वह अब बुद्ध होकर ही उठेगा। वह नहीं हटेगा। उसने उन्चास कौर बनाकर वह खीर खाई और थाल को निरञ्जना के जल में फेंक दिया। सुवर्ण का बहुमूल्य थाल पानी में मिट्टी के पात्र की भाँति डूब गया। उसके लिए उसका मूल्य ही क्या था!!

छह वर्ष! दुष्कर छह वर्ष! क्या मिला है उसे इतने दिन में? केवल भटकन। धूलि से भरा जीवन! माँगकर खाते-खाते अहं नष्ट हो गया। राह पर चलते-चलते पाँवों में छाले पड़ गए।

सारा अतीत धीरे-धीरे घुलने लगा। महाप्रजापती गौतमी की ममताभरी आँखें बुलातीं, फिर तिरोहित हो जातीं! पिता शुद्धोदन की लालसाओं की यातना, बार-बार पुकारता हुआ प्रासाद, खिलखिलाती सुन्दरियाँ, भद्रा कापिलायिनी के आँसू भरे नेत्र, राहुल की गोद में आने के लिए फैली हुई बाँहें, सबके-सब जीवित हो उठे। अधिकार, वर्ग, धन फिर अंकुश मारकर क्रोध के हाथी को जगाने लगे।

परन्तु सिद्धार्थ पुकार उठा : "यार! नरक की भीषण ज्वालाओं से घिराना चाहता है तू मुझे! स्वर्ग छलना है अज्ञानी! ब्रह्मा मेरा स्रष्टा नहीं है।"

फिर शून्य में से साकार छवियाँ जन्म लेने लगीं। भद्रा और मञ्जरिका स्मरण के विलास पर आँधी की तरह छा गईं। वासना के पशु हुँकारने लगे। उन्नत कुचों और जंघाओं की ज्वालाएँ मन को जलाने लगीं। चारों ओर जैसे महापक छा गया।

तब अन्धकार मिटने लगा–वह घुमड़न, वह विष, अचेतन की सी वह मूर्च्छा

सिद्धार्थ ने बलपूर्वक आँखों के सामने से दूर कर दी, क्योंकि वह आज सम बनकर बैठा था।

"नहीं लौटूँगा मैं, आओ पारमिताओ, जागो! इस अन्धकार को नष्ट करो। वह आसन मेरा ही है, मैं दानी हूँ..."

वासना ने अन्तिम प्रहार किया : 'क्या दिया है तूने, सिद्धार्थ!'

'मैंने! मैंने अपने को लोकहित के लिए दान दे दिया है।'

'कौन है तेरा साक्षी!'

'मेरा साक्षी! यह अचेतन ठोस पृथ्वी ही मेरी साक्षी है।'

वासना थर्रा गई, भयाक्रान्त काँप गई।

"वसुंधरे तू ही मेरी साक्षी है।" उसने दाहिना हाथ चीवर से निकालकर कहा।

उसका वह स्वर जब उसके पास फिर लौट आया, उसे लगा वह अपने समस्त आधार अपने ही सत्य के अनुकूल बना पाया था। क्योंकि उसे किसी प्रकार का पूर्वाग्रह नहीं था।

वह फिर सोचने लगा।

'मैं अन्न से पलता हूँ। वही मेरा जीवन है, क्योंकि वह उसका आधार है।

'गुणी नहीं है, केवल गुण है। गुण के कारण ही यह समस्त सृष्टि है। मेरी तृष्णा नहीं रही। वह अपने-आप नहीं मिटती। वह मार की शक्ति है। वह सदैव जाग्रत् रहती है! उसको पराजित करना सहज नहीं है, परन्तु असंभव हो, ऐसा भी नहीं है।

'मैं विजयी हूँ, क्योंकि मैंने उसकी शक्ति को तोड़ दिया है। क्योंकि मुझे दुःख से दुःख और सुख से सुख नहीं होता। यह सब कुछ मूलतः दुख है और प्राणी इसके अपार चक्र में दुःख पाया करता है।'

और सिद्धार्थ ने कहा, स्वर अब साकार आलोक बनता हुआ-सा फैलने लगा : अनेक जन्मों में दौड़ता हुआ मैं इस जग पर फिरता रहा। जन्म के दुःख सहता हुआ मैं गृहकार को खोजता रहा। ओ गृहकार! तू दुःख है। अब मैंने तुझे देखा है। अब फिर मुझे नहीं रहना है। दुःख! तेरी सारी श्रृंखलाएँ टूट गई हैं, देख। तेरा शिखर टूटा पड़ा है, भग्न विध्वस्त संस्कारों से मेरा चित्त मुक्त है, मेरी तृष्णा नष्ट हो गई है।

भूख स्वाभाविक है।

उसके लिए लोभ बुरा है।

उसे तरसाकर कष्ट पाना भी उचित नहीं है।

दोनों का सम ही श्रेयस्कर है। वही मध्यम मार्ग है जो मनुष्य को कल्याण दे सकता है।

उस प्रथम अभिसंबोधि ने सिद्धार्थ को स्थिर कर दिया। उसकी सारी चंचलता दूर हो गई। वह गंभीर मनन अब और भी गहरा हो गया।

उसने मन ही मन कहा–

'अवद्यिा के कारण संस्कार होता है। संस्कार के कारण विज्ञान होता है, विज्ञानं के कारण नामरूप, नामरूप के कारण छह आयतन, छह आयतनों के कारण स्पर्श, स्पर्श के कारण वेदना, वेदना के कारण तृष्णा, तृष्णा के कारण उपादान, उपादान के कारण भव, भव के कारण जाति, जाति अर्थात् जन्म के कारण जरा अर्थात् बुढ़ापा, मरण, शोक, रोना-पीटना, दुःख, चित्तविकार और चित्त-खेद उत्पन्न होते हैं। इस प्रकार यह संस्कार, जो केवल दुःखों का पुञ्ज है, उसकी उत्पत्ति होती है। अविद्या से सम्पूर्ण विराग लेने से, उसका नाश होने पर संस्कार का नाश होता है। संस्कार के नाश से विज्ञान का नाश होता है। विज्ञान-विनाश से नामरूप का नाश होता है। नामरूप-नाश से छह आयतनों का नाश होता है। छह आयतनों के नाश से स्पर्श-नाश होता है। स्पर्श-नाश से वेदना-नाश होती है। वेदना-विनाश से तृष्णा-नाश होती है। तृष्णा-नाश से उपादान-नाश होता है। उपादान-नाश से भव-नाश होता है। भव-नाश से जाति-नाश होती है। जन्म-नाश से जरा, मरण, शोक, रोना-पीटना, दुःख, चित्त-विचार, और चित्त-खेद नाश होते हैं। इस प्रकार इस दुख-पुञ्ज का नाश होता है।'

रात के प्रथम याम में सिद्धार्थ ने प्रतीत्यसमुत्पाद का अनुलोम और प्रतिलोम मनन किया। और हठात् सिद्धार्थ के मुख से फूट निकला–"जब सभी कांक्षा शान्त हो जाती हैं, सहेतु धर्म को ध्यानी ब्राह्मण[1] देखने लगता है।"

मध्यम याम बीत गया। उस समय सिद्धार्थ ने कहा–"आकांक्षा की शान्ति से कार्य क्षय होते हैं।"

फिर वही गम्भीर चिन्तन चलता रहा।

रात्रि के अन्तिम याम से सिद्धार्थ ने कहा–"मार सेना को वही हराता है जैसे सूर्य गगन को आलोकित कर उठता है।"

भोर हो गई थी।

---

1. ब्राह्मण-दार्शनिक को प्रचलित शब्द अर्थात् ज्ञानी।

सिद्धार्थ नहीं रहा था। अश्वत्थ वृक्ष बोधिद्रुम हो गया था, क्योंकि सिद्धार्थ गौतम अब बुद्ध बन चुका था।

उसने जीवन का सत्य पा लिया था।

सात दिन बीत गए थे।

अजपाल नामक बरगद के नीचे बुद्ध बैठे थे।

एक अभिमानी ब्राह्मण आया। वह ज्ञान का अभिमान करता था। वह तपस्वियों से वनों में जाकर प्रश्न किया करता था और अपनी दार्शनिक भूख मिटाया करता था। उसने उस निर्जन वन में बुद्ध को देखा, तो कौतूहल हुआ। बुद्ध चुपचाप सोच रहे थे।

ब्राह्मण निकट आ गया। वह उनके रूप को देखकर मन ही मन प्रभावित हो गया। उसने कहा : "कौन?"

बुद्ध ने शान्त दृष्टि से देखा।

"तुम तपस्वी हो?" ब्राह्मण ने कहा।

बुद्ध ने कहा : "मैं तुम्हारी जिज्ञासा दूर करूँगा, तुम पूछो।"

"ब्राह्मण कैसे होता है? ब्राह्मण बनाने वाले कौन-से धर्म हैं?"

बुद्ध ने गांभीर्य से अनन्त नीलिमा की ओर देखा। ब्राह्मण ने विनीत होकर सुना।

बुद्ध बोले : "जो पाप, अभिमान, मल से हीन हो, वेदांत पारग ब्रह्मचारी हो, जिसके समान दूसरा न हो, वही ब्राह्मण है।"

ब्राह्मण प्रसन्न चला गया।

एक सप्ताह और बीत गया। बुद्ध अब मुचलिन्द वृक्ष के नीचे बैठे सोच रहे थे। आकाश में असमय मेघ आ गए। बिजली चमकने लगी और ठण्डी-ठण्डी हवाएँ चलने लगीं। वन झूमने लगा। सरसराती-सी आवाज़ सारे वन को कम्पित करने लगी। अन्धेरा-सा छा गया।

किन्तु बुद्ध ऐसे आनन्दमग्न बैठे रहे जैसे उन्हें कुछ भी ज्ञात नहीं था। वे ध्यानस्थ थे।

एक नाग मुचलिंद की पूजा करने आया था। मुचलिंद को वह वन का देवता मानता था। नागों की बस्ती पास ही थी।

देखा वनदेवता आज स्वयं उतर आया था। समीप आया। देखा एक तेजस्वी समाधिस्थ पुरुष है।

आकाश से वर्षा होने लगी। नाग खड़ा रहा। अचानक उसका ध्यान टूटा। उसने पानी देखा तो छाया करके खड़ा हो गया और बुद्ध पर पानी नहीं गिरने दिया। बुद्ध फिर भी अपने गम्भीर चिन्तन में डूबे रहे।

हवा की सरसराहट बढ़ती गई और बिजली भी कड़की, परन्तु वह सब एक व्याकुल और विक्षुब्ध-सा उन्माद ही तो था। आया गरजा और कुछ देर बाद तूफान थम गया। नाग चला गया, क्योंकि बुद्ध अब भी तल्लीन थे और वह नाग अब कुछ भयभीत हो गया था। कैसा भी देवता हो, परन्तु मनुष्य उससे डरता अवश्य है।

अचानक बुद्ध बोल उठे—''संयम ही निर्द्वन्द सुख है। कामनाओं का त्याग वैराग्य इस लोक में सुख है।''

एक सप्ताह और व्यतीत हो गया।

बुद्ध राजयतन वृक्ष की छाया में बैठे थे।

उस समय उत्कल के दो व्यापारी भल्लिक और तपस्सु उधर से निकले। दोनों बंजारे थे। दूर-दूर तक यात्रा करते थे। उनके साथ उनका सार्थ था। घोड़े, खच्चर, शकट, दास, दासी, अपने सैनिक सब ही साथ चल रहे थे।

भल्लिक ने देखा तो ठिठका। कहा : ''तपस्सु!''

''क्या है भल्लुक?''

''यह वन भीषण है।''

''परन्तु यह हमारी पहली यात्रा तो नहीं है, मित्र?''

''फिर भी सावधान रहने की आवश्यकता है।''

''वह कौन है?''

''यही पूछता था!''

''चलो देखें!''

''नहीं, डरता हूँ कहीं कोई उपदेवता न हो, अमङ्गल कर उठे।''

''चलकर देखना चाहिए।''

दोनों पास आए। अभिवादन किया। बुद्ध ने कहा : ''यात्री! सुखी रहो।'' दोनों को अभय-सा मिल गया।

तपस्सु ने लड्डू और मट्ठा सामने रख दिए।

बुद्ध ने देखा। आज वह भिक्षा देखकर बुद्ध को एक सुख लगा।

''मैं किसमें इसे ग्रहण करूँ व्यापारी! मैं भिक्षु हूँ,'' बुद्ध ने कहा : ''मैं अपने

लिए नहीं, जीवित रहने के लिए पेट भरने योग्य ही लेता हूँ। अतः मैं हाथ में नहीं ले सकता। फिर क्या करूँ! और मेरे पास कोई पात्र भी नहीं है।''

भल्लिक एक पत्थर का टुकड़ा लाया। उसके बीच में गड्ढा था! वही उस समय बुद्ध का पात्र बन गया।

''हे देवता!'' तपस्सु ने कहा : ''स्वीकार करें, कृतार्थ करें।'' उसने पात्र में भोज्य डाल दिया।

बुद्ध खाने लगे। उनके खा लेने पर तपस्सु ने कहा : ''भन्ते! हम व्यापारी हैं यह तो जानते ही हैं। क्या हमारा मंगल होगा?''

''आयु ही मंगल है,'' बुद्ध ने कहा : ''यदि वह व्यर्थ ही नहीं बिताई जाती। जो कार्य अति के ओर प्रेरित करता है वह अति के कारण दुःखदाई है। सम्यक् चिन्तन ही मंगल का मूल है।''

बुद्ध चुप हो गए।

दोनों ने दण्डवत की और कहा : ''प्रभु!''

''क्या है श्रेष्ठि?''

''प्रभु! हमें ज्ञान दें।''

भल्लिक ने पूछा : ''भन्ते पाप क्या है?''

''पाप!'' बुद्ध ने कहा : ''दूसरे पर हिंसा करना, अकरुण होना ही पाप है।''

''देव, इस विजन में आपको भय नहीं होता?''

''सम्यक संबुद्ध नाम से परे होते हैं। मध्यम प्रतिपदा का धर्म भय-विहीन होता है।''

भल्लिक ने कहा : ''मैं बुद्ध और धर्म की शरण जाता हूँ।''

तपस्सु ने कहा : ''भन्ते! मैं भी अनुगामी हुआ ।''

बुद्ध ने दीक्षा दी।

तपस्सु ने कहा : ''जीवन धन्य हुआ भन्ते! जो कभी नहीं सुना था वही आज सुना है।''

भल्लिक ने कहा : ''भन्ते जिस प्रकार आपने हमें आलोक दिया है, आप ही जाकर सकल लोक को जगाइए। देव! एक राज्य दूसरे राज्य का बैरी है । सार्थ देखकर तो डाकू जगह-जगह लूटते हैं। भन्ते! शान्ति का महामन्त्र गुन्जित करिए।''

बुद्ध मुस्करा दिए। दोनों ने फिर अभिवादन किया और कहा : ''जीवन सफल हुआ।''

जब वे दोनों चले गए बुद्ध उठ खड़े हुए।

एकान्त चिन्तन करते हुए सात दिन और भी बीत गए।

तू संसार का कल्याण करने आया है। बहुजन हिताय—बहुजन हिताय—बुद्ध धीरे-धीरे बोल उठे।

संसार नाश की ओर जा रहा है। वह अपनी ही पीड़ा से आर्त्त है और एक-दूसरे पर उस दुख को ठेलकर मनुष्य एक-दूसरे को दुखी करता हुआ, अपने को भी दुखी करता है। क्यों? क्योंकि उस सबके मूल में उसका स्वार्थ है। और इसीलिए बुद्ध के लिए यह अब आवश्यक है कि वह नई चेतना जगाएँ।

मगध में अशुद्ध धर्म पैदा हुआ है। उस धर्म ने लोक को हतचेत कर दिया है। इस लोक में अनेक प्रकार के प्राणी हैं। वे सब उसमें डूबे हुए हैं।

उनके लिए अमृत का द्वार बन्द हो गया है जो ज्ञान वाले होने पर भी श्रद्धा को छोड़ देते हैं। हे ब्रह्मा! वृथा पीड़ा का विचार करके मैं मनुष्यों को उत्तम निपुण धर्म बताने से उदासीन था। किन्तु नहीं, अब मैं अवश्य लोक को अज्ञान से मुक्त करूँगा।

मैं वहाँ जाऊँगा और पर्वत के शिखर पर खड़ा होकर हाथ उठाकर उन्हें ज्ञान दूँगा।

मनुष्य अतियों में भ्रष्ट हो रहा है।

दैन्य उसे ग्रस रहा है। वह जाति-वर्ग-कुल और राज्यों के छोटे-छोटे विभाजनों में विनष्ट हो रहा है।

हिंसा विकराल होकर खड़ी है...राज्य-राज्य की, शक्ति-शक्ति की संहारकारिणी प्रवृत्ति मनुष्य को मनुष्य से दूर कर रही है। यह सारा संसार एक कुटुम्ब है। किन्तु चारों ओर घृणा ही घृणा छा रही है। क्या उससे मनुष्य को कभी छूटना नहीं है?

'उठो बुद्ध! हे वीर! तुम संग्रामजित् हो। तुम ही सार्थवाह हो। ऋणियों को उऋण करने वाले हो उठो! धर्म का प्रचार करके इस दीन लोक का कल्याण करो।' यही बार-बार उनके भीतर प्रतिध्वनित होने लगा।

"किन्तु क्यों?" प्रश्न ने तर्क किया।

"विभिन्न धर्मा मनुष्य इसे स्वीकार कर सकेगा?"

अजपाल बरगद के नीचे बुद्ध ध्यानमग्न थे।

हिंसा भय से होती है। भय का मूल स्वार्थ है। स्वार्थ छोड़ना व्यक्ति के हाथ की बात है। यदि व्यक्ति अपने लोभ को छोड़ दे तो अपने-आप पाप नष्ट होने लगे।

वे सोचने लगे।

लोभ संयम से कटता है।

संयम का आधार ब्रह्मचर्य है।

ब्रह्मचर्य का आधार करुणा की व्यापक अनुभूति है और वही बुद्धत्व की ओर ले जाती है।

यह गम्भीर, दुर्दर्शन, दुरज्ञेय, शान्त, उत्तम, तर्क से अप्राप्य, मैंने जान लिया।

फिर भी लोक इसे नहीं जानता। उसे इससे क्या लाभ?

मैं जनता को इसे जाकर सुनाऊँगा।

किन्तु जनता काम-मोहित हो रही है। क्या वह सुन सकेगी?

सत्य सारे मोह से बड़ा होता है और लोक के पुरुष भी यही मानते हैं; फिर वे अवश्य ही सुनेंगे।

पर क्या वे इसे समझ सकेंगे?

नहीं!

फिर!!

यह सब मेरा ज्ञान है और इसने मुझे शान्ति दी है। यही काफी है। अब क्या होगा वहाँ जाकर!

फिर लोक का कल्याण कैसे हुआ?

नहीं हुआ।

तब तुम्हें जाना चाहिए।

उसी जाल की ओर!!

नहीं, तू बुद्ध है! तू अभय है। तू दूसरों को अभय देने के लिए है। तू निष्कलंक है।

लोक दुख से मुक्त हो, उसका निर्वाण हो, यही बुद्धत्व है, जो अपने लिए ही सीमित बन्धनों में नहीं रह जाए।

'क्यों नहीं? जिसमें उसका कल्याण है, वह क्या उसी मार्ग को नहीं पकड़ सकेगा?''

'नहीं, वह मोहग्रस्त है!'

'सारा संसार दुखी है!'

'दुःख!!'

'दुःख ही तो आर्य सत्य है!!'

'मनुष्य दुखी है किन्तु वह उसका स्वभाव और रूप नहीं जानता। समाज, धर्म, लोक, सब की मर्यादा है किन्तु सबसे ऊपर व्यक्ति की मर्यादा है।'

''यदि व्यक्ति सुधर जाएगा तो सब कुछ सुधर जाएगा।'

बुद्ध के नेत्रों में असीम करुणा जाग उठी। एक दिव्य रागिणी के समान आकाश में ऊषा उदित हुई। उस दिन नए आलोक ने नया ही जीवन देखा।

बुद्ध उठ खड़े हुए। वह ऐसा भव्य ज्योतित गौरव था जैसे सहस्रों शताब्दियों का जयजयकार पूँजीभूत होकर साकार करुणा, दया और क्षमा बनकर खड़ा हो गया था। वह दर्शन की क्षुद्र सीमाओं में बँधने वाला नहीं, वरन् उससे भी ऊपर मनुष्यत्व का उन्नत व्यक्तित्व था, जो अब अपने लिए नहीं, दूसरों के लिए जीवित रहना चाहता था। यह था वह व्यक्ति जिसने ईश्वर को नहीं पाया, तो भी निराश नहीं हुआ, उसने सोचा था : ''लोक की आर्त्तावस्था को मैं दूर करूँगा।''

बुद्ध धीरे-धीरे चल पड़े। उनके पाँव-धीर गम्भीर गति से उठने लगे। नंगे पाँव मानो पृथ्वी की धूलि में इस क्षणिक जीवन की पर्तों पर अमरता का जीवित सन्देश लिखने के लिए बढ़ चले थे।

क्षत्रिय कुलों की मदांध परम्पराओं की चमकने वाली खरतर बिजली को मानो इस पराक्रमी शाक्य सिंह ने अपनी ही साधना और बलिदान ने स्निग्ध दीपशिखा बनाकर लोक-कल्याण का आलोक फैलाने के लिए, तत्कालीन अतिवादों के बीच, अपनी सत्ता के स्नेह से, जीवदया के दीपाधार में उतार दिया था।

धर्म अब ज्ञान की खोज थी, पिपासा या अन्धकार नहीं था।

वहाँ आत्मा का अलगाव भी न था, वह तो अनात्म हो चुका था। मैं का अभिमान छोड़ चुका था वह।

कोई सम्बल नहीं था, केवल एक आत्म-विश्वास के सहारे पर वह इस संसार में अकेला ही निकल पड़ा था।

जीवमात्र के प्रति उस विशाल हृदय में अखण्ड करुणा थी। भास्वर दया के चीवर में उसने वैभव-विलास और तृष्णा को तपःस्पूत करके अपनी देह के रूप में प्रस्तुत किया था, ताकि वह अब दो अतियों को छोड़कर बीच के मार्ग पर चल सके।

निश्चय ही उसने देखा कि लोक में अन्धकार था। अतीत के समस्त दार्शनिकों ने केवल ईश्वर के विषय में विवाद किया था, और फिर उसी दर्शन के अनुसार समाज को भी न्याय दिया था। जिस प्रकार क्षत्रिय युधिष्ठिर ने क्षत्रिय धर्म पर अविश्वास करके उदार धर्म को महान कहा था, जिस प्रकार अश्वल जनक ने सुख-दुख से सम होने की अवस्था, और मोह से विरक्ति को अपना सत्य समझा था, उसी प्रकार सैकड़ों शताब्दियों बाद आज फिर एक क्षत्रिय निकला था जिसने फिर करुणा को जीवन का आधार बनाया था। उसने निमित्तवाद की अहं की

अस्वीकृति को अन्ततोगत्वा अनात्म में परिणत कर दिया था।

उपक आजीवक था। वह चला आ रहा था। उसने बुद्ध का तेजस्वी रूप देखा तो कौतूहल हुआ।

बोधि और गया के बीच में बुद्ध अकेले चले जा रहे थे।

उपक ने निकट जाकर कहा : "आवुस!"

बुद्ध ने उसकी ओर पूर्ण करुणा से देखा। आजीवक को लगा कि आवुस न कहकर उसे कुछ आदरणीय शब्द कहना चाहिए था, क्योंकि वह व्यक्ति साधारण नहीं जान पड़ता। परन्तु वह कह चुका था। कहता रहा : "तेरी इन्द्रियाँ प्रसन्न हैं, तेरी कान्ति शुद्ध और उज्जवल है। तेरा गुरु कौन है आवुस? क्या तू प्रव्रजित हुआ है? कौन तेरा शास्ता है (गुरु है)? तू किसके धर्म को मानता है?"

बुद्ध ने क्षण-भर रुककर कहा : "मैं सबको पराजित करने वाला सबको जानने वाला हूँ। मैं सभी धर्मों में निर्लेप हूँ सर्वत्यागी हूँ; तृष्णा का मैंने क्षय कर दिया है : अतः विमुक्त हूँ। मैं अपनी ही बात का उपदेश करूँगा।"

उपक आजीवक चौंक उठा। उसने कहा : "तो क्या सब अल्प मलिन चित्र हैं? आलारकालम और उद्धक रामपुत्र को तो अभी ही मृत्यु ने ग्रस लिया। क्या वे भी तुझ-से न थे?"

बुद्ध ने धीर-गम्भीर स्वर से कहा : "मेरा कोई आचार्य नहीं, मेरे समान कोई भी विद्यमान नहीं है। देवताओं सहित सारे लोक में मेरे समान कोई पुरुष नहीं है। मैं संसार में अर्हत् हूँ, मैं अपूर्वशास्ता हूँ। मैं एक सम्यक् सम्बुद्ध शीतल और निर्वाणप्राप्त हूँ। धर्मचक्र का प्रवर्त्तन करने के लिए मैं काशियों के नगर को जा रहा हूँ। वहाँ मैं अन्धे भटकते हुए लोक में अमृतदुन्दुभि बजाऊँगा।"

उपक आजीवक ने अविश्वास से देखा, बल्कि वह एकदम चौंक उठा था। यह अहं की अभिव्यक्ति थी? नहीं। बोलने वाला तो ऐसे कह रहा था जैसे यह ही सहज सत्य था। उसने कहा : "आवुस! तू जैसा दावा करता है, उससे तो तू अनन्तजिन भी हो सकता है?"

"मुझे जैसे सत्व (जीव) ही जिन होते हैं, जिनके आस्रव (क्लेश-मल) नष्ट हो गए हैं। मैंने पाप को जीत लिया है, मैं जिन हूँ!"

उपज आजीवक ने देखा और उसके मुख से निकला : "होओगे आवुसा!" और वह अपने रास्ते चला गया। बुद्ध ने उसकी ओर दया से देखा और काशी की ओर बढ़ चले।

उत्तरा

"अम्ब!" राहुल का स्वर गूँज उठा।

भद्रा कापिलायिनी कोलिय क्षत्रिया ने मुड़कर देखा। वह चुपचाप बैठी सोच रही थी। कहा : "क्या है वत्स?"

"आर्ये!" सातवें वर्ष में चलते हुए उस सुकुमार बालक ने कहा : "पितामह क्या कहते थे। शाक्य कुलों के वे गण्यमान्य क्षत्रिय लोग और उनकी स्त्रियाँ किसकी प्रशंसा कर रहे थे?"

भद्रा कापिलायिनी ने मुस्कराकर कहा : "पुत्र! वह तेरे पिता की गौरव-गाथा सुना रहे थे।"

"मेरे पिता हैं, अम्ब!"

"हैं, वत्स!" भद्रा ने धीरे से कहा और एक लम्बी साँस ली। उसके रुखे बाल खुले हुए थे और उसके गोरे शरीर और उज्जवल मुख पर एक मलिनता छाई हुई थी। वह कटि के नीचे एक अधोवासक पहने थी। उसके सघन स्तनों पर एक हल्का उत्तरीय पड़ा था जिसे कटि पर बँधी चौड़ी पट्टिका में खोंस लिया गया था।

"तो वे कहाँ हैं?"

"वे अब राजगृह में हैं, ऐसा मैंने सुना है।"

"पहले वे कहाँ रहते थे?"

"पहले वे यहीं रहते थे वत्स!"

"फिर चले क्यों गए?"

भद्रा कापिलायिनी के स्वर में एक हल्का-सा कम्पन आया और उसने धीरे से कहा ' "वत्स! वे अपने-आप से डरने लगे थे। वे किसी महान को खोजना चाहते थे।"

"महान क्या अम्ब?"

उस समय लगभग पचपन वर्षीया खिचड़ी बालों वाली महाप्रजापती गौतमी प्रकोष्ठ में आ गई थी, उसने सुना, राहुल की माँ कह रही थी : ''महान! वत्स! तू जब बड़ा हो जाएगा, तब तू भी समझने लगेगा।''

राहुल नहीं समझा। अबोध नेत्रों से देखता रहा। फिर उसने महाप्रजापती गौतमी के पेट तक पहुँचने वाले सिर को उठाकर कहा ''पितामही! तुम बताओ। आर्य्ये! पिता क्या खोजने चले गए?''

महाप्रजापती गौतमीं के नेत्रों में पानी आ गया। वे कुछ कह नहीं सकीं। केवल राहुल-माता की ओर देखती रहीं। भद्रा कापिलायिनी ने मुँह फेरकर कहा : ''वत्स! जो अपने को छोटा समझते हैं, जिनके मन में अपनी सत्ता के अस्तित्व के बारे में लघुत्व और हीनत्व बस जाता है, वे महान की तृष्णा में निकल पड़ते हैं।''

महाप्रजापती गौतमी चौंक उठीं। कहा : ''वत्से! भद्रे! तूने आज तक गौरव और महिमा को धारण किया है, इसीसे तुझे आज़ शाक्यों के क्षत्रिय कुल यशोधरा कहने लगे हैं। तू स्वयं तपस्विनी बन गई है। फिर आज तू इतनी उद्विग्न क्यों है?''

भद्रा कापिलायिनी ने कहा : ''आर्य्ये! मैं उद्विग्न लग रही हूँ?''

''निश्चय ही वत्से! तेरे पीहर के कोलिय क्षत्रियों ने तुझे कितनी बार निमन्त्रण भेजा, कि आ, हमारे पास लौट आ, हम तेरी सेवा करेंगे। तू लौटकर क्यों न गई? छोड़कर चले जाने वाले पति की याद में ही क्यों बैठी रही! गणों के क्षत्रियों में परिवार में भाई-बहन विवाह करके रक्तशुद्धि और वंश-परम्परा को चलाते हैं। आनन्द से जीवन व्यतीत करते हैं। तू किसलिए बैठी रही! मैंने जैसे तेरे पति को मातृहीन होने पर पाल-पोसकर बड़ा किया था, क्या तूने अपनी साधना से सबको विचलित नहीं कर दिया है? फिर आज तू इतनी विक्षुब्ध क्यों हो उठी है?''

''देवी!'' भद्रा ने कहा : ''मैं विक्षुब्ध तो नहीं हूँ। केवल सत्य कह रही थी। तुम तो मेरी आदरणीया हो। मैं तुम्हारी वन्दना करती हूँ। परन्तु पूछती हूँ आर्य्ये! क्या मैंने झूठ कहा है? पुरुष ज्ञानी होता है, मानती हूँ। हम स्त्रियाँ मूर्खा ही होती हैं। फिर भी एक-दो बात तो मैं पूछना ही चाहती हूँ। तुम भी तो स्त्री ही हो देवी! तुमने राहुल के पिता आर्य्य सिद्धार्थ को अपनी गोद में पाला है, तुम क्या मुझसे अधिक उनके मन की बात बता सकती हो? कुछ भी हो आर्य्ये! मैं उनकी स्त्री थी।''

''कह वधू!'' महाप्रजापती गौतमी ने कहा, ''मैं जानती हूँ, तेरे पास विचलित होने का कारण है।''

''आर्य्ये!'' भद्रा ने कहा, ''मैं विचलित होना चाहती नहीं पर मन होता है,

तो उसे रोकती नहीं। हवा चलने पर पेड़ के पत्ते काँपते हैं, नदी की हिलोरें उठती हैं। फिर मनुष्य ही क्यों अपने सहज स्वाभाविक जीवन पर गुरुत्व का भार डालने का प्रयत्न करें? स्त्री तो ऐसा नहीं करती?''

''स्त्री तभी पुरुष से नीची है वधू।'' महाप्रजापती गौतमी ने कहा।

''ठीक है देवी! जो जन्म देती है। वह नीची है, जो पालती है वह नीची है, फिर पुरुष ही क्यों ऊँचा है? क्योंकि वह भोगी होने का अहंकार रखता है। और अपने को ऊँचा उठाने को स्त्री को ठोकर मारकर त्याज्या कहकर चला जाता है, और नारी...वह फिर भी उन्हीं चरणों की प्रतीक्षा किया करती है।...आर्य्ये, जानती हो क्यों?'''

''वत्से! ऐसा ही होता चला आ रहा है।''

''नहीं आर्य्ये! यही मैं इस पुत्र को बता रही थी। क्योंकि पुरुष सृजन की महानता और गरिमा का कभी अनुभव नहीं करता, उसे सृष्टि को चलाने वाली नारी एक माध्यम की तरह प्रयुक्त करती है, और वह अनबूझ कुछ भी नहीं समझ पाता, और हाहाकार करते हुए तो उसका अहं कभी थकता नहीं। आर्य्ये! ऋषि विश्वामित्र और जमदग्नि भी तो तपस्वी थे। किसी को कुछ मिला! पुरुष भी कैसा विचित्र प्राणी है आर्य्ये! स्त्री को अपना बन्धन मानकर छोड़ता है परन्तु क्या वह उससे छूट पाती है? डाली से गिरकर फूल की तरह धूलि में मिलकर अपने को महान कहलाने के विभ्रम को धारण करने वाला पुरुष भी कितना विचित्र और कितना निरीह प्राणी है। आर्य्ये! स्त्री नहीं भूलती उसे, इसलिए कि वह दया करना जानती है। वह जिस जीवन्त स्नेह को ठुकराता है, वह उसे जीवित रखती है अपना बलिदान देकर। यदि वह भी उसके लिए अपने को मिटाने का साहस न करे तो देवी! यह सारा धर्म, यह संसार, सब ऐसा छिन्न-भिन्न हो जाए कि उसमें मनुष्य की सन्तान फिर पशुओं की तरह भटकती फिरे। आर्य्ये! मैं एक बात सोचती हूँ। कहूँ?''

''कह वधू! तू मुझे अत्यन्त प्रिय है।''

''देवी! तुम मुझे दुखी मानती हो कि मेरा पति मुझे छोड़ गया। शाक्यों की कुलनारियाँ समझती हैं कि भद्रा में नारीत्व सबल नहीं था, वह देखने में भली लगने पर भी कुशल नहीं थी, क्योंकि अपने पुरुष बो बांधकर न रख सकी, उसका पति इतना महान था कि उसे छोड़कर चला गया। यह शाक्यों के खत्तिय सोचते ही हैं, और आर्य्य शुद्धोदन समझते हैं कि भद्रा अपने पुत्र के सहारे जी रही है, आर्य पितृक अमृतोदन समझते हैं कि मैं एक साधनारत तपस्विनी हूँ जिसने सब वैभव

और भोग छोड़ दिए हैं, पर मैं यह सब नहीं मानती।''

''तो?'' महाप्रजापती ने चौंककर पूछा।

''आर्य्ये!'' भद्रा ने कहा : ''मुझे इसका दुख नहीं है कि वे मुझे छोड़ गए। पति-पत्नी सदा तो साथ नहीं रहते। कुलनारियाँ भी ठीक नहीं कहतीं क्योंकि वे समझती हैं कि नारी के यौवन को भोक्ता के बिना कभी सार्थकता प्राप्त नहीं होती। शाक्यखत्तिय भी अनुचित सोचते हैं क्योंकि वे एक पलायन को अपनी जाति की महानता कहते हैं। वे सब नारी को अपना बन्धन मानते हैं। क्यों? क्योंकि वे उसे छोड़ना चाहकर भी छोड़ नहीं पाते। परन्तु मैं पूछती हूँ देवी! नारी पुरुष को छोड़ना क्यों नहीं चाहती। उसे यह छोटे-बड़े का ध्यान क्यों नहीं आता? भद्रा कापिलायिनी पुत्र को देखती है तो सोचती है कि जिसको वह पाल रही है, जिस अज्ञानी माँसपिण्ड को उसने जन्म दिया है। जिसे बोलना सिखाया है, वह क्या इतना अज्ञान फिर करेगा कि इस सबको अभावों में गिनने लगेगा? मैं तपस्विनी नहीं हूँ आर्ये! मैं तो पति के सहारे से नहीं थी, मैं और मेरा पति मिलकर पूर्ण बनते थे, यही तो सहज स्वाभाविक था। फिर एक का अहं यदि अपनी अपूर्णताओं को पूर्ण कहने लगे, तो क्या दूसरे की पूर्णता भी अपने को उसके प्रतिशोध में अपूर्ण बना ले!''

''यशोधरे!'' महाप्रजापती गौतमी एक चौकी पर बैठ गई और उसने कहा, ''तो क्या सचमुच यही समझती है? वह तो महान होने के लिए ही जन्मा था वत्से! उसकी माता मेरी बड़ी बहन थी। जब वह गर्भ में आया था तभी स्वर्गीय महादेवी कहती थीं कि वे स्वप्न में इन्द्र का ऐरावत देखती थीं।''

भद्रा कापिलायिनी मुस्करा दी। कहा, ''देवी! लोग झूठ तो नहीं कहते। माता जब पुत्र को गर्भ में धारण करती है उस समय वह यदि अच्छी-अच्छी बातें सोचती है, तो बड़ी होकर सन्तान भी वैसी ही बातें सोचती और करती है। यह क्या सत्य नहीं है?''

''क्यों नहीं वधू!'' उसने कहा, ''परन्तु सच ही यदि माँ ने यह सोचा था कि पुत्र-गृह-त्यागी हो तो क्या वह नारी का दोष नहीं था?''

''दोष! आर्य्ये!'' यशोधरा ने मुस्कराकर ही कहा : ''मैं नहीं मान सकती। गर्भ धारण करना ही सृजन है मौसी! माँ नारी थी। उसने जिस पुत्र को जन्म दिया वह जब बड़ा हुआ तो उसके पुरुष के अहं ने क्या उस कोमलता को कुण्ठित करने का यत्न नहीं किया होगा?''

भद्रा चुप हो गई। महाप्रजापती गौतमी उदास थी। द्वार पर दासी मित्ता

दिखाई दी। राहुल उसकी ओर दौड़ गया।

"मित्ता!" महाप्रजापती गौतमी ने कहा, "तू कहाँ चली गई थी?"

"स्वामिनी?" मित्ता ने कहा, "मगध की तन्तुवाय श्रेणियों के बुनकर आए थे। उनके साथ भद्र का एक सार्थवाह भी था। वे भद्र गान्धार की कुछ दासियाँ लाए थे। उनको नीचे आर्य्य खरीद रहे थे। कुछ दासियों के बालक बेचे गए जिन्हें पाटलिग्राम के तीर पर बसे व्यापारी ले गए थे। वे लोग अब गंगा मार्ग से उन्हें ले जाकर सुदूर कहीं अनार्य बंग में बेच देंगे।"

दासी ने दीर्घ श्वास लिया।

"अच्छा, जा कुमार को खिला।" महाप्रजापती गौतमी ने कहा।

"जो आज्ञा, देवी!" कहकर मित्ता राहुल को लेकर चली गई।

"आर्य्ये!" यशोधरा ने कहा, "आपने सुना?"

"क्या वत्से?"

"मित्ता भी नारी है!"

"क्या कहती है तू? वह तो दासी है।"

यशोधरा हँस दी। कहा, "फिर भी वह नारी ही है। आर्य्ये! परन्तु कभी उसका पुत्र तो प्रव्रज्या लेने की बात नहीं सोचेगा। जो अपने-आप बँधे हुए हैं, वे ही मुक्ति की खोज में जाते हैं। जो बाँधे गए हैं, वे उसी बन्धन को मुक्ति कहते हैं, जिसमें आर्य कुमार क्षत्रिय वीर अपने को बँधा हुआ समझते हैं; कहते हैं मिथिला का अश्वल जनक राजा भी मुक्ति खोज-खोजकर हार गया था।"

महाप्रजापती गौतमी कहने लगी, "वत्से! तूने सुना! कल मंकुल शाक्य का विवाह हुआ। कोई मल्ल उसकी बहन वजिरी से विवाह करना चाहता था, किन्तु कुल उसका ऊँचा न था, सो मंकुल के पिता ने वजिरी का विवाह मंकुल से ही कर दिया। मल्ल चला गया। वह जिन महावीर के पास चला गया ।"

"कौन निगंठ नातपुत्त के पास?"

"हाँ!"

"वह तो नंगा रहता है न?"

"हाँ, वत्से। कहते हैं सब राग-द्वेष नष्ट हो चुका है उसका।"

"होगा देवी! पर मैं इस सबको श्रेष्ठ नहीं मानती। एक चषक में शुद्ध करके जल को रखा भी जाए तो क्या उससे जल की महागति रुक जाएगी? यह व्यक्ति रूप में जो संसार छोड़ने का नाम लेकर रहते हैं वे संसार कहाँ छोड़ते हैं। माना कि वे स्त्री से दूर रहते हैं, उनमें स्त्री को देखकर वासना भी नहीं जागती, परन्तु पानी

और अन्न के बिना तो नहीं रह सकते वे लोग? आत्मरक्षा के लिए पानी और अन्न आवश्यक ही है। उतना तो वे भी नहीं छोड़ पाते। बाकी सृष्टि की रक्षा करनेवाली स्त्री को छोड़ देते हैं। सच ही पुरुषस्त्री के बिना जीवित रह सकता है। परन्तु मन को वह अत्यन्त कष्ट उठाकर ही स्त्री से दूर कर पाता है। देवी! सृष्टि-रक्षा बड़ी है कि अपनी रक्षा?''

महाप्रजापती गौतमी समझ नहीं सकी। बोली, ''वत्से! सब लोग जो नहीं कर पाते, उसी को कर दिखाना तो महान कार्य है।''

''होगा देवी!'' यशोधरा ने कहा, ''आलवक यक्ष के राज्य में लोग स्त्री के बिना अपनी साधना ही नहीं कर पाते। देश-देश की बात है। कहते है पन्जाल और कुरु के ब्राह्मण यज्ञ में स्त्री के बिना यज्ञ को ही सफल नहीं मानते। क्षत्रिय ही संसार-त्यागी बनते हैं तो क्या यही उचित है? मैंने सुना है प्राचीन काल में यादवों में अनार्य-संन्यासी और व्रात्य इस श्रमण पथ का अवलम्बन करते थे। कुरु देश का सम्राट युधिष्ठिर भी संसार त्यागने की बात सोचता था। परन्तु मैं पूछती हूँ, यह सब क्यों है? स्त्री को क्या पुरुष ने बनाया है, जो वह सब कुछ का स्वायत्त स्वामी बनना चाहता है? वह अपनी एकांगिता के शंख में, अपनी अपूर्णता का श्वास भरकर, अपनी सीमा के कानों को बहरा कर देने वाले अज्ञान को निर्घोष गुंजित करके, सबको विभ्रान्त करके नमितमाथ करने की छलना में पड़ा हुआ युगान्तर से वन-वन, गिरिक्रोड और समुद्र-तीर पर हाहाकार करता हुआ अपने ही वस्त्रों को नोंच-फेंककर घूम रहा था। कहाँ जा रहा है वह! अज्ञात! अपरिचित पंथ पर चलने वाले सार्थ के व्यक्ति कभी एक-दूसरे से अलग होकर पथ खोज सकते हैं, देवी? पुरुष कितनी भी पूर्णता प्राप्त कर ले, किन्तु जब उसकी सत्ता का प्रश्न उठता है तब उसे देहधारण करने के लिए फिर नारी के गर्भ में आना पड़ता है।'' यशोधरा हँसी। उसने कहा, ''संसार को जन्म देकर, पुरुष के अहं को जीवित रखनेवाली नारी ही है, मूर्खा! जो अपमान और प्रताड़ना सहकर भी भ्रूण-हत्या नहीं करती, या आर्य्ये! जो प्रसव करती है। देवी यदि संसार की स्त्रियाँ गर्भ धारण करना छोड़ दें तो पुरुष का यह गर्व एक ही ठोकर में चकनाचूर हो जाए।''

''तू विक्षुब्ध हो गई है यशोधरे।'' महाप्रजापती गौतमी ने वेदना-भरे स्वर से कहा, ''क्या राहुल को देखकर तुझे खेद होता है कि तूने इसे जन्म क्यों दिया?''

''नहीं, आर्य्ये!'' यशोधरा ने आँखें पोंछकर कहा, ''कभी दुःख नहीं होता, बल्कि गर्व होता है, आर्य्ये! वन का वृक्ष जिस प्रकार पुष्पित होने पर फलों से बोझिल होकर सुन्दर दिखता है, उसी प्रकार पुष्पवती होने पर स्त्री सन्तानवती

होकर ही अपरिमेय श्री धारण करती है। किन्तु पुरुष! वह जिसे महानता कहता है उस सबकी लघुता देखकर मुझे हँसी आती है। पहले मैं भी उससे आतंकित होती थी आर्ये! सोचती थी वह सब महान है। अपने को क्षुद्र समझकर रोती थी। परन्तु अब वह सब मुझे बहुत ही हल्की बात लगती है। नारी एक-दूसरी से लड़कर भी दूसरों के सुख के लिए अपनी स्वेच्छाचारिता छोड़कर रहती है, दुःख पाकर, जन्म देकर, कष्ट पाकर पाल-पोसकर रहती है, और पुरुष एक-दूसरे से मिलकर भी अपने सुख के लिए अपने एकांगी स्वेच्छाचार से दूसरों को आतंकित करता है, सुख पाकर जन्म नहीं देता, कष्ट पाकर पालता-पोसता नहीं, फिर भी जो सब उसका बनाया नहीं है, उसे ठुकराने का दम्भ करता है। कहो आर्ये! क्या यह सब बच्चों का-सा खेल नहीं है? मैं इस पर हँसूं कि रोऊँ?''

महाप्रजापती गौतमी उठ खड़ी हुई। उसके नेत्र अब विषाद से भर उठे थे। वह वातायन पर जा खड़ी हुई। उसने बाहर देखा। राजपथ पर अनेक तरुण और तरुणियाँ रथों पर जा रहे थे। आगे-पीछे दास भाग रहे थे, जिन पर कभी-कभी उन मदमत्त राजपुत्रों के चाबुक चटाक करके बज़ उठते थे। दूर चतुष्पथ पर किसी द्रुम चैत्य पर दीपक जल रहा था। कुछ सैनिक अट्टहास करते हुए अर्द्धनग्न नर्तकियों के गीत-नृत्य में तल्लीन हो रहे थे। भव्य प्रासादों के प्राचीर दूर-दूर तक फैले हुए थे। कहीं सुवर्ण की झूल से ढके हुए हाथी पर कोई कुल का श्रेष्ठ अमात्य जा रहा था। दूर, बहुत दूर संथागार की शाक्य पताका फहरा रही थी, जो अनेक शाक्य उपकुलों को एक-दूसरे में बाँधे हुए थी। कपिलवस्तु के उस सुसज्जित भाग में महाप्रजापती गौतमी देर तक सोचती खड़ी रही। प्रकोष्ठ में गन्धधूम अब वातायन के भीतर आती वायु से टकरा-टकरा बिखर-बिखर जाता है। गोरे रंग की गौतमी के ललाट पर गम्भीर चिन्ता ने रेखाएँ खींच दी थीं। उसकी उठी हुई भौंहे और नाक और पतले होंठों पर एक सहज कुलीन गर्व था, जो मातृत्व की ममता के रहते हुए भी अपराजित-सा अपनी झाईं मार रहा था। वह शुद्धोदन के परिवार की सर्वोच्च आज्ञादायिनी स्त्री थी। फिर भी उसका मन इस समय व्याकुल हो उठा था! उसने सिद्धार्थ को गोदी में खिलाया था। घर में अनेक धाएँ थीं। दास-दासी थे। शुद्धोदन संथागार में एक निर्वाचित सदस्य राजा था, जिसका शाक्यों में बहुत मान था। शाक्य खत्तिय महानाम भी उसका आदर किया करता था। शुद्धोदन व्यापार भी करता था। उसके मित्र श्रेष्ठियों के सार्थ सुदूर ताम्रलिप्त और भरुकच्छ तक जाया करते थे। और उसके घर जन्म लेनेवाला वह सुकुमार बालक सिद्धार्थ एक दिन सबको छोड़कर चला गया था।

वह इस समय उस गत विषाद की याद नहीं करना चाहती। अब जीवन में एक नया अध्याय खुल रहा था जिसने छह वर्ष बाद एक नया प्रकाश बिखेर दिया था। उन्तीस वर्ष का था वह सिद्धार्थ, जब वह इस वैभव को छोड़कर चला गया था। दास, दासियाँ, सैनिक, खेत, नर्तकियाँ, पत्नी और पुत्र, पिता और उसे पालनेवाली वह स्वयं भी उस सिद्धार्थ को नहीं रोक सके थे।

आज यशोधरा की आँखों में फिर वही दृश्य खेल रहा था। वह सोकर उठी थी, और अचानक एक दासी ने आकर सूचना दी थी कि सिद्धार्थ कुमार सदा के लिए सबको छोड़कर चले गए थे। उसने सुना था और स्तब्ध होकर रह गई थी। राहुल छोटा-सा बगल में पड़ा था। नई कोपल-सा था उसका कोमल, गदबदा गोरा माँसल शरीर। प्रभात के पहले आलोक के साथ पक्षियों के कलरव को सुनकर वह जाग उठा था और अपने छोटे-छोटे हाथों से अपने पाँव को पकड़कर उसका अँगूठा मुँह में धरकर चूसते हुए अपनी नीली आँखें खोले टुकुर-टुकुर ऊपर झूलते हुए खिलौने को देख रहा था। जब हवा उस खिलौने को हिला देती तो उसके मुख से बुलबुले निकलते और फिर 'अगू' कहकर वह मुस्करा देता।

महाप्रजापती गौतमी के मुख से शोकग्रस्त स्वर निकलता, "हाय..." और उस एक शब्द में उसकी सारी कोमलता लहुलुहान होकर छटपटाने लगती। वह दारुण वेदना आज उसका अन्तस्तल बार-बार अत्यन्त क्रूरता से झकझोर उठती थी। और यशोधरा को लगा था। यह समस्त सृष्टि जैसे स्तब्ध हो गई थी। यह नहीं कि उसे स्त्रियों के नुपूरों और किंकिणियों की रणरणाहट सुनाई नहीं देती थी, नहीं, सुनती तो वह थी, किन्तु उसका वस्तुस्थिति से कोई तारतम्य न बैठने के कारण वह उसके सर्वचेतन मन को नहीं छू पाता था, सब कुछ होता हुआ भी ऐसा लगने लगा था, जैसे हो कुछ भी नहीं रहा है, यह सब दिखाई अवश्य दे रहा है।

आर्य शुद्धोदन अवाक् नतशिर बैठे थे। उनकी आँखों में एक विराट् शून्य भर गया था। उन्होंने पितृव्य अमृतोदन की ओर देखकर कहा था, "अनुज! वह चला गया!"

अमृतोदन की चेतना में जैसे रेखाएँ खरोंच दी गई थीं।

और छन्दक फूट-फूटकर रो रहा था। उसकी चेतना छोटी थी, और उसके अनुरूप उसकी वेदना भी छोटी थी, तभी तो वह आँखों के द्वारों से विदित हो रही थी।

"छन्दक!" आर्य अमृतोदन ने कहा था, "फिर?"

"फिर! आर्य!" छन्दक ने रोते हुए कहा था, "मैं नहीं कह सकूँगा उसे।"

यशोधरा निर्लज्ज-सी आगे बढ़ आई थी। उसे गुरुजनों का संकोच नहीं रहा था। उस समय उसे देखकर लगता था कि वह क्रोध, आवेश, विषाद, अपमान और आत्मग्लानि से व्याकुल होकर अपने विक्षोभ में सिमट गई थी। क्रोध था कि पुरुष उसे घृणित समझकर त्याग गया था, आवेश था कि वह उसे अपना मानती थी और उसके विषय में जानना चाहती थी। किन्तु इनसे भी बड़ा विषाद था, जिसमें रिक्त हुआ जीवन अतलाण्ट महासागर की-सी तृष्णाओं की लहरों के दुर्दमनीय वेग से गर्जन करके महाशून्य को टूक-टूक करके अपने भीतर डूबा लेने के प्रयत्न में था। और नारी का रूप और यौवन आज सारा बल लगाकर भी अधर ही में टँगा रह गया था, उसका पुरुष उसके भार से झूल नहीं सका, यह क्या उसका कम अपमान था...और फिर भी वह जीवित थी। अपने कानों से सुनने के लिए जीवित थी...अखण्ड आत्मग्लानि का भीषण विद्रूप था वह, जैसे अट्टहास करके वह चारों ओर से घेरता चला आ रहा था, जैसे दिग्गजों के हट जाने से चारों ओर से दुर्भेद्य आकाश झुकता चला आ रहा हो, सारी हवा को अवरुद्ध करके धीरे-धीरे दम घोंटता हुआ, जैसे वह महाशून्य की असीमित सीमा एक विकराल ग्राह के मुख की भाँति फैली हुई थी, जो काल लहर पर बहती हुई भद्रा कापिलायिनी को निगल जाना चाहती थी...

उस समय छन्दक ने भग्न पोत की भाँति डूबते स्वर से कहा था : "प्रभु!! कन्थक मर गया!"

"कौन? सिद्धार्थ का अश्व!" शुद्धोदन ने आर्त्त स्वर से पूछा था।

"हाँ, देव!" छन्दक फूट-फूटकर रो रहा था, जैसे अब आँसू नहीं बह रहे थे, वही भीषण लहरें थीं। जिनमें वह पोत डूब गया था। कन्थक! मर गया, उस पशु में भी कितना प्रेम था कि जब मनुष्य अपनी सहज स्वाभाविक मानवता को छोड़कर दम्भ से उठा था, तब वह भी उसे नहीं सह सका था।

शुद्धोदन के सामने ही महाप्रजापती गौतमी विह्वल होकर सस्वर कुररी के समान क्रन्दन कर उठी थी।

यशोधरा भागकर शैया में मुँह डालकर फूट-फूटकर रो उठी थी।

वह चला गया था। जिसपर उसने सब कुछ ही न्यौछावर कर दिया था, जिसने दिखनेवाले को छोड़कर न दिखनेवाले की शरण ली थी। आखिर उसे क्या कमी थी!

यशोधरा सिहर उठी। कोई नहीं जानता उस समय कैसी वेदना थी। इतना ही याद है कि जी भरकर रो नहीं सकी थी। महाप्रजापती गौतमी ने आकर राहुल को उस समय उसकी गोद में डालकर कहा था, ''वधू! इसे स्तनपान करा। कब से भूख से व्याकुल होकर चिल्ला रहा है।''

और यशोधरा ने देखा था। वह राहुल! पिता उसे राहुल कहता था क्योंकि वह उसके उठते हुए विचारों को राहु की भाँति ममता के अन्धकार में ग्रस लेता था। और वह यशोधरा के पास रह गया है! क्या यशोधरा के भव्य गौर शरीर को यह राहु की भाँति ग्रस नहीं लेगा? पुरुष का पुत्र है। यशोधरा का रक्त इसके लिए छाती में से दूध बन-बनकर उतर रहा है।

यशोधरा खिलखिलाकर हँस पड़ी थी। दासी ने भयाक्रान्त होकर महाप्रजापती गौतमी को बुलाया था। गौतमी ने हँसते देखा तो वह काँप उठी थी। उसे लगा था जैसे यशोधरा पागल हो जाएगी। बहुत ही व्याकुल स्वर से उसने पूछा था : ''क्या हुआ भद्रे?''

''आर्य्ये!'' यशोधरा ने पूछा था, ''तुमने भी तो उन्हें इसी तरह पाला था। जैसे मैंने राहुल को आज गोदी में उठाया है?''

''हाँ, वत्से!'' गौतमी की आँखें आँसुओं से भर आई थीं। वह और कुछ भी नहीं कह सकी थी।

''पूछती हूँ आर्ये! कल यह भी यदि छोड़ गया तो?''

''तो!'' अन्तरात्मा की गहराई से काँपता हुआ स्वर उठा था।

''तो!'' भद्रा ने कहा, ''पुरुष जाति के इस नए प्रतिनिधि को स्त्री क्यों पाले, देवी? इसे भी इसके पिता को ढूँढकर उनके पास पहुँचवा दो। यह तो राहु है न? राहु को लेकर मैं क्यों मरूँ-खपूँ? क्योंकि मैंने जन्म दिया है इसे? सो आर्ये! अकेले मेरे ही प्रयत्नों से यह नहीं आया। पञ्चाल का क्षत्रिय राजा था वह, क्या था उसका नाम प्रवाहण जैबलि, वह इसे कर्मफल कहता था न? हमारे कोलिय खत्तियों में भी जिन तीर्थङ्करों का बड़ा प्रभाव है, कहते हैं वे भी बड़े पुराने लोग हैं, उतने ही, जितने ब्राह्मणों के त्रिवेद-निर्माता ऋषि और ब्रह्मा, वे भी यही कहते हैं, पर यह तो कोई नहीं कहता कि स्त्री का यह राहु बिना पुरुष के आ जाता है। भेज दो पिता के पास, वह पाल लेंगे। तपस्या और राहुल बिना पुरुष का जीवन, दोनों में किधर जाएँगे वे!''

''यशोधरा!!'' गौतमी ने कहा, ''वत्से! तू स्त्री होकर भी वज्र हो गई है!''

यशोधरा रो पड़ी थी। बोली थी : ''आर्ये! हमने ही समर्पण कर-करके इस

पुरुष को इतना दंभी और मूर्ख बना लिया है। प्राचीन काल के यक्षों में अप्सराएँ तो बच्चों को जन्म देकर छोड़ जाती थीं, यह पुरुष अपने-आप बच्चे खिलाया करता था। नाडपित देश में मेनका शकुन्तला को छोड़ गई थी न? बताओ, हम हैं तभी न इन पुरुषों को संन्यास सूझता है।''

''तू ठीक कहती है, पुत्री!'' गौतमी की अधीरता मुखर हो उठी थी।

''क्यों आर्ये!'' भद्रा ने पूछा, ''एक बात कहूँ?''

''क्या है वत्से! कह!''

''देवी! अब यदि मैं भी गृहत्याग कर दूँ, तो तुम राहुल को पाल लोगी?''

''यशोधरे!'' गौतमी चीत्कार कर उठी थी। परन्तु यशोधरा ने हँसकर कहा था, ''नहीं आर्ये, जाऊँगी नहीं। पलने को तो यह भी पल जाएगा, परन्तु मैं क्यों जाऊं? संसार का दुःख दूर करने को वन जाने की क्या आवश्यकता है?''

गौतमी शोकहता-सी शान्त दिखाई दी थी। भद्रा कापिलायिनी दूध पिलाने लगी थी। राहुल मस्त होकर एक हाथ उठाकर, मुलायम हथेली से गोपा का गाल छूने लगा था। यह दृश्य कितना पूर्ण था!

यशोधरा का मन आकुल हो गया। वह शैया पर लेट गई। उसने पुकारा, ''अनुला!''

अनुला दासी द्वार पर आई। पूछा, ''आर्ये!''

''क्या करती थी?''

''देवी! अभी नीचे दण्डधरों को पानी पिलाकर आ रही हूँ।''

''अच्छा! तनिक मुझे भी जल ला।''

छोटी खाट पर लेटी यशोधरा को वह मिट्टी के पात्र में पानी दे गई।

''जा!'' भद्रा ने कहा, ''मुझे सोने दे।''

''जो आज्ञा, देवी!'' कहकर अनुला चली गई। यशोधरा फिर सोचने लगी थी।

और आर्य अमृतोदन एक दिन जब शिकार से लौट रहे थे तब मार्ग में उन्हें कोलिय मिले थे। वे भद्रा कापिलायिनी के सम्बन्धी थे, एक भाई था। परन्तु जब वे आकर बोले थे, ''भगिनी! चल, हमारे साथ चल। हम तेरी सेवा करेंगे।'' उस समय गौतमी अवाक् हो गई थी। भद्रा चुप खड़ी रही थी।

आर्य शुद्धोदन ने कहा था, ''वत्से! पुत्र तो चला गया, तू ही मेरी पुत्री के

समान है। यदि तू चाहे तो तू भी चली जा!''

यशोधरा ने कहा था, ''नहीं आर्य! स्त्री विवाह के बाद पतिगृह में ही शोभा देती है। मैं पहीर नहीं जाऊँगी।''

खत्तिय पितृत्व उत्तिय ने गम्भीर और भर्राये स्वर से कहा था : ''पुत्री! तेरा पति तुझे छोड़ गया है।''

उस उलाहने को सुनकर यशोधरा के कहने के पहले ही शुद्धोदन ने कहा था, ''आर्य उत्तिय! क्षत्रियों में वह पहला ही तो ऐसा नहीं है। मैं उसे लाने जाऊँगा। वह सुकुमार है, वह क्या भिखारी बनकर रह सकेगा?''

''नहीं'', यशोधरा ने कहा था, ''आर्य शुद्धोदन सुनें। अत्यन्त पितृप्रेम के कारण उन्होंने ही अपने पुत्र को अत्यन्त भोग-विलास में पाला और कुलीनों के आभिजात्य से उन्हें ढकने का प्रयत्न किया। छद्म और छल तथा पाखण्ड और अभिमान के इस जीवन को मेरा पति नहीं सह सका, क्योंकि वह मनुष्य था। उसने इस संसार को जान-बूझकर ही छोड़ा है, इसमें उसका पुरुष का अहं था। वह व्यक्ति भी केवल वही तो कर सकता था, जो परम्परा से इस संसार के पुरुष करते आ रहे हैं। उन्हें लौटाकर लाने की आवश्यकता नहीं है। उन्होंने घृणा से, या भय से, या अज्ञान से जो हमें छोड़ा है वह यही न समझकर कि हम सब नीचे थे, और वे हम सबसे कुछ ऊँचे थे? तो उन्हें जाने दें। दया लेकर हम नहीं रहना चाहते। वे मेरे पति थे, मैं उनकी दया नहीं, समान अधिकारों को चाहती हूँ। वे अपने पुत्र को अपना नहीं, केवल मेरा समझकर छोड़ गए हैं। मैं तो उसे पाल लूँगी, परन्तु पुरुष! यदि वे इसे कभी माँगने आए तो मैं नहीं दूँगी!''

''अभागिनी! वह आए तो।'' गौतमी ने रोकर कहा था।

''नहीं दूँगी।'' यशोधरा ने कहा था, ''यह तो मेरा ही है न?''

पितृत्व उत्तिय और आर्य शुद्धोदन के नेत्र भर आए थे।

उत्तिय ने कहा था, ''पुत्री, तेरा पिता दण्डपाणि पूछेगा। क्या कह दूँ?''

''पितृव्य!'' यशोधरा ने स्नेह स्फीत-स्वर से कहा : ''कहना कि यशोधरा को कोई दुःख नहीं है।''

''झूठ है।'' महाप्रजापती गौतमी ने टोका, ''आर्य! खत्तिया होकर झूठ कहती है। इसने सारे भोग छोड़ दिए हैं। पलंग छोड़ खाट पर सोती है। मदिरा नहीं पीती, रुखा-सूखा भोजन करती है।''

यशोधरा हँसी थी। कहा था : ''तो क्या हुआ, आर्ये! यह सब क्षत्रियों के अभिमानी पुत्रों के अजीर्ण से उत्पन्न त्याग हैं न? जीवन-भर इन्हें हत्या करना

सिखाया जाता है। वैश्यों, शूद्रों और दासों पर अत्याचार करते हैं, और वह जो ब्रह्मा के मुखपुत्र ब्राह्मण हैं न, उनकी भाँति दार्शनिक बनते हैं। फिर क्या करें? हत्या करते हैं तो अहिंसा की बात करते हैं, खूब खाते-पीते-भोग करते हैं तो कोई-कोई प्रसिद्ध होने के लिए, अपनी तृप्ति के लिए सब छोड़ देते हैं। वे अपने जीवित रहने की ही कोई ऐसी बात नहीं समझते, कि वे जीते क्यों हैं। यदि उन्हें दासों की भाँति रहना पड़े तो अपने आनन्द के उच्छृंखल स्वरूप जीवन को ही स्वर्ग समझ लिया करें। क्या है इनके लिए स्त्री! भोग का साधन ही तो है न? यही यह जननी को फल देते हैं। किसी को वापस नहीं लाना है पितृव्य उत्तिय! पिता से यही कहना। यशोधरा दुखी नहीं है। उसने यह सब बाह्य आचरण इसलिए छोड़े हैं कि इन क्षत्रिय पुरुषों को यह सब छोड़ना बड़ा दुष्कर होता है। मुझे तो कोई कष्ट नहीं लगा। दरिद्रों के पास यह सब नहीं होता तो क्या इन बाह्य अभावों के कारण वे जीवित नहीं रहते?''

आर्य शुद्धोदन ने सिर झुका लिया था। आर्य उत्तिय के हाथ खुल गए थे। महाप्रजापती गौतमी की आँखें फट गई थीं। दासी अनुला डर गई थी और यशोधरा ने कहा था, ''मनुष्य ही वस्तु-निर्माण करता है, और वह सब अपने सुख के लिए बनाता है। अत्याचार और दम्भ से प्राप्त सामग्रियों में वह इतना डूबता ही क्यों है कि उसका सन्तुलन नष्ट हो जाता है ।''

''तो क्या सचमुच तुझे पति के छोड़कर चले जाने का खेद नहीं है, पुत्री?'' उत्तिय ने काँपते स्वर से पूछा था।

यशोधरा क्षण-भर चुप हो गई थी। उसके नेत्र भर आए थे। परन्तु उसने शीघ्र ही पलकें पोंछकर कहा था, ''कहाँ आर्य! वह गए नहीं, छोड़कर नहीं गए, वे तो मेरे सामने से डरकर चले गए, उन्हें अपने पौरुष पर इतना भी विश्वास नहीं था, केवल उनकी यही निर्बलता मुझे साले डालती है...''

यशोधरा मुँह पर कपड़ा रखकर भीतर चली गई थी और फिर एकान्त में उसने कपड़ा मुंह में ठूँस लिया था कि कहीं कोई सुन न ले, वह रो रही थी, आखिर रो रही थी...

आज आर्य शुद्धोदन के मुख पर आनन्द था। महाप्रजापती गौतमी के मुख पर विभोर आश्चर्य था। यशोधरा वातायन के पास भीत का सहारा लिए खड़ी थी। अमृतोदन गम्भीर-से झुके बैठे थे।

आर्य लिच्छवि राजा परम कुलीन क्षत्रियश्रेष्ठ कोद्दित हाथी दाँत की चौकी

पर बैठे हुए कह रहे थे, ''राजा शुद्धोदन! तू धन्य है। तेरे पुत्र ने बुद्ध होने पर चारिका करते हुए वाराणसी, ऋषिपत्तन, मृगदाव में पंचवर्गीय भिक्षुओं को प्रथम धर्मोपदेश देकर धर्मचक्र का प्रवर्त्तन किया।''

महाप्रजापती गौतमी ने विभोर होकर कहा, ''मेरे सिद्धार्थ ने! वह इतना महान हो गया?''

''देवी! भिक्षुओं ने उसे खाते देखकर त्याज्य समझकर छोड़ दिया था। परन्तु जब वह लौटा तो वे उसके तेज और वाणी को सह नहीं सके। उन्होंने पहले उसे 'आवुस।' कहा, वे बोले, कि आवुस! गौतम उस साधना में, उस धारणा में, उस दुष्कर तपस्या में भी तुम आर्यों के ज्ञानदर्शन की पराकाष्ठा की विशेषता, उत्तर मनुष्य कर्म को नहीं पा सके, फिर अब बाहुलिक साधना-भ्रष्ट बाहुल्यपरायण, तुम आर्य-ज्ञान-दर्शन की पराकाष्ठा, उत्तर मनुष्य धर्म को क्या पाओगे?''

आर्य कोद्दित ने कहा, ''देव! मुझे पूरी तरह याद नहीं है। परन्तु बुद्ध ने कहा कि प्रव्रजित को अतिमार्ग का अवलम्बन नहीं करना चाहिए, न दुष्कर तप अच्छा है, न संचय करना। यह तप करने की प्रवृत्ति अनार्यों से आई है, यह श्रेष्ठ नहीं है। आर्य शुद्धोदन! यह जिन तीर्थंकर तो तपवादी ही हैं न? दक्षिण में भी सुनते हैं बड़ा तपवाद है। बुद्ध तो कहते हैं कि आर्य पथ पकड़ो। मध्यम मार्ग सर्वश्रेष्ठ है।''

''साधु! कोद्दित राजा! साधु!'' आर्य अमृतोदन ने कहा, ''क्या कहा? आर्य पथ पकड़ो! ठीक ही तो है आर्य! इक्ष्वाकु वंश का नाम उज्जवल हुआ। बताएँ न? चारों ओर संन्यासी ही संन्यासी दिखाई देते हैं!''

यशोधरा मुस्करा दी। पूछा : ''आर्यश्रेष्ठ कोद्दित राजा! आर्य-पुत्र का वह मध्यम मार्ग क्या है?''

''भद्रे!'' कोद्दित राजा ने कहा, ''अब मैं क्या इतना याद रख सकता हूँ। पर जो इधर-उधर से सुना है, वही बताता हूँ। वैशाली में तो इसकी बड़ी चर्चा है। तू जानती है, वह तो दार्शनिकों की नगरी है!''

''अहा हा!'' आर्य शुद्धोदन ने कहा, ''क्या बात है? क्षत्रियों का उत्थान तो वहीं है। रक्त-शुद्धि देखनी हो तो वहीं देखो। दासों का क्या हाल है। ठीक है न?''

''हाँ,'' कोद्दित राजा ने कहा, ''देव! दास तो दण्ड के बल पर चलते हैं। परन्तु अब दास क्या हैं? गौरव तो पहले था! जब चाहे जिसे वध करने का पूर्ण अधिकार था। अब घरेलू दासों पर तो अधिकार है, परन्तु बाकी दास काहे के दास हैं। कभी संथागार में ही चैन नहीं होता। महासम्मत वंशों में कुछ लोग वैश्य

श्रेष्ठियों से धन लेकर उनकी ओर बोलने लगते हैं। दास धर्माधिकरण की ओर दौड़ते हैं। फिर अब तो वह श्रेणी संगठन बढ़ते जा रहे हैं। और आपको ज्ञात है?''

''क्या आर्य?'' शुद्धोदन ने पूछा।

''यही ब्राह्मणों की कहता था। अब तो वे खूब धन जमा करते हैं। कुरु पंचाल में भी यदि क्षत्रियों के कुलगण बन जाते तो इनका नाम मिट जाता।''

''मैं कहता हूँ,'' आर्य अमृतोदन ने कहा : ''यह ब्राह्मण तो बड़े पतित हैं। तमाम अनार्यों से घुल-मिल जाते हैं। अपने स्वार्थ के लिए ये लोग रक्त की चिन्ता नहीं करते।''

''डरते हैं आर्य! खत्तियों से डरते हैं। क्या है उनका प्रभाव गणों में?''

''न हो!'' गौतमी ने कहा, ''परन्तु अनार्यों के पुरोहित बनकर उन्होंने जड़ें तो जमा ही ली हैं।''

''जाने दें आर्यश्रेष्ठ!'' यशोधरा ने याद दिलाया, ''आप आर्यपुत्र के मध्यम मार्ग की बात कह रहे थे।''

''हाँ, वत्से!'' आर्य कोद्दित ने कहा, ''एक बात कहूँ। वैश्य तो अब बुद्ध से प्रभावित हो रहे हैं। दास और सैनिकों को भी बुद्ध ने समानाधिकार दे दिया था!''

''क्या कहते हैं आर्य!'' अमृतोदन भौंचक हो उठा।

आर्य कोद्दित हँसे। कहा, ''बड़े दास टूटे। सैनिक टूटे। सब भिक्खु बनने लगे। ऋणियों ने भी मुक्ति का पथ पकड़ा कि चीवर ले लो। परन्तु आर्य! बुद्ध तो महासम्मत क्षत्रिय वंशी हैं। उन्होंने राजा बिंबसार के कहने से यह सब रोक दिया।''

''बिम्बसार!'' शुद्धोदन ने कहा, ''वह एकराट्! मगध की अनार्य राजकुलीन परम्परा है! परन्तु मेरा पुत्र क्षत्रिय सम्वर्धक है, आर्यश्रेष्ठ!''

''क्यों न हो!'' अमृतोदन ने कहा, ''शास्ता क्या अच्छे-बुरे की पहचान नहीं जानते।''

''हाँ आर्य!'' कोद्दित लिच्छवि ने कहा, ''सैनिकों को प्रव्रजित किया गया सुनकर वह बिम्बसार असन्तुष्ट हो गया।''

''सैनिक, ऋणी और दास यदि प्रव्रजित हो गए तो संसार उल्टा हो जाएगा आर्य!'' शुद्धोदन ने कहा, ''सब मनुष्य समान हैं, यह क्या ब्राह्मणों ने नहीं माना? वे भी सबकी आत्मा को ही बराबर मानते हैं, व्यवहार में तो नहीं मानते न?''

''उनकी छोड़ें आर्य!'' कोद्दित लिच्छवि ने कहा, ''ब्राह्मण तो जानें अपने को क्या समझते हैं। महासम्मत क्षत्रियों को भी अपने से नीचा ही मानते हैं।''

"कौन कहता है?" अमृतोदन ने कहा, "एकतन्त्रों में जो क्षत्रिय उनसे दब गए हैं वे अवश्य मानते हैं। ब्राह्मण वहाँ चाहे जैसे लिखते हैं, पुराण बनाते हैं। कुरु पंचाल में तो उनका प्रभुत्व बढ़ता जा रहा है। परन्तु गणों में उनका क्या प्रभुत्व है?"

"नहीं ही समझें आर्य!" शुद्धोदन ने कहा, "और ब्राह्मणों ने ही प्रचार किया है कि जब क्षत्रिय ब्राह्मण के आधीन नहीं बनते तो गणों में वैश्य और शूद्र क्यों क्षत्रियों से दबें?"

"क्यों नहीं?" गौतमी ने कहा, "बिल्ली दूध पिएगी नहीं, तो क्या फैलाएगी भी नहीं? ब्राह्मणों का तो क्षत्रियों से ईर्ष्या-द्वेष करने का पुराना नियम है। कुछ नहीं तो वैश्यों और शूद्रों को बढ़ाने लगे!"

"अनर्थ की जड़ ब्राह्मण ही हैं।" आर्य कोद्वित ने कहा, "परन्तु वैश्य भी बुद्ध के अनुयायी होते जा रहे हैं।"

"कितना धन है इन वैश्यों के पास!" शुद्धोदन ने कहा, "खूब अनार्यों से व्यापार करते हैं।"

भद्रा कापिलायिनी ने टोका, पूछा : "आर्यश्रेष्ठ! आपने मध्यम मार्ग के बारे में नहीं बताया?"

"हाँ!" आर्य कोद्वित ने कहा : "बुद्ध ने अष्टाङ्गिक मार्ग बताया है जैसे सम्यक् दृष्टि, संकल्प, कर्म, जीविका, व्यायाम, स्मृति, समाधि, यह सब भी सम्यक् ही होनी चाहिए। दुःख आर्य सत्य है। जन्म भी दुःख है, जरा भी दुःख है, व्याधि भी दुःख है, मरण भी दुःख है, अप्रियों का संयोग दुःख है, प्रियों का वियोग भी दुःख है, इच्छा करने पर किसी का नहीं मिलना भी दुःख है, प्रियों का वियोग भी दुःख है, इच्छा करने पर किसी का नहीं मिलना भी दुःख है। उपादान स्कन्ध ही दुःख है। दुःख समुदाय आर्य सत्य है।"

"सब ही दुःख है आर्य!" शुद्धोदन ने दीर्घश्वास लेकर कहा, "बुद्ध ने सच ही कहा है। कौन दुखी नहीं है! धनी भी, दरिद्र भी। अहा, क्या बात कही है!"

"दुःख का विरोध भी आर्य सत्य है!" कोद्वित ने कहा, "दुःख-क्षय के लिए ब्रह्मचर्य पालन करना चाहिए। उसका यह उपदेश सुनकर वाराणसी का श्रेष्ठि कुलपुत्र यश प्रव्रजित हो गया। फिर तो यश के जनपद के पुराने कुल-पुत्र विमल, सुबाहु, पूर्णजित् और गवाम्पति शरण में आ गए। उसके बाद कुल 61 अर्हत् हो गए। देव! वे ग्राम-ग्राम घूमने लगे। फिर भगवान् ने भिक्षुओं को ही अनुज्ञा दे दी। वे ही उपसम्पदा प्रदान करते हैं। उरुबेला में भद्रवर्गीय तीस मित्रों का तथा 500

जटिलों के विनायक काश्यप को स्वयं बुद्ध ने प्रव्रज्या दी। अंग और मगध में गौरव फैल गया! उरुबैल काश्यप का भाई नदी काश्यप भी प्रव्रजित हो गया। एक हज़ार जटिल भिक्षु महाभिक्षु संघ के साथ गया में गए। गयासीस से बुद्ध महासंघ के साथ राजगृह गए! लट्ठिवन के चैत्यवन में ठहरे। मगधराज श्रेणिक बिम्बसार बारह नियुक्त मागध ब्राह्मणों और गृहपतियों के साथ भगवान के पास गया। उरुबैल काश्यप ने घोषणा की कि बुद्ध ही शास्ता थे। बुद्ध ने बिम्बसार को दीक्षा दी। उसने अपना वेणुवन बुद्ध-प्रमुख भिक्षुसंघ को प्रदान कर दिया।''

गौतमी रोने लगी। उसने हाथ उठाकर कहा : ''शक्र (इन्द्र)! वह मेरे दूध से पला हुआ पुत्र है।''

शुद्धोदन ने विभोर होकर सिर हिलाया।

आर्य कोट्टित ने फिर कहा : ''आर्य! राजगृह का संजय परिव्राजक था न! ढाई सौ परिव्राजक उसके पास थे। उसके पास सारिपुत्त और मौद्गल्यायन नामक दो परिव्राजक थे। वे बुद्धानुयायी भिक्षु अश्वजित् से मिले तो संघ की शरण में आ गए। फिर तो संजय अकेला रह गया, बाकी सबकी उपसम्पदा हुई।''

दास चेटक आया और गन्धधूम के लिए नया अगरु डाल गया। दासी माणविका आई और सुवासित जल के पात्र भर गई। किन्तु किसी ने नहीं देखी।

आर्य कोट्टित कह रहे थे : ''आर्य शुद्धोदन ! पिल्ली माणवक मगध के महातित्थ नामक ब्राह्मणों के गाँव में कपिल ब्राह्मण की प्रधान भार्या के गर्भ से उत्पन्न हुआ था। उसका मद्र से सागल नगर की कौशिक गोत्री भद्रा कापिलायिनी से विवाह होने वाला था। देव! चक्रवर्तियों का-सा उनका वैभव था। माणवक के पास बड़ी भारी सम्पत्ति थी। उसका यश उसकी सुवर्ण मुद्रिकाओं के साथ देशान्तरों में घूमता था। शरीर को उबटन करके फेंक देने वाला चूर्ण ही उसके घर से मगध की बारह नालियाँ भर देता था। ताले के भीतर साठ तड़ाग तो उसके यहाँ थे। बारह योजन तक फैले खेत, चौदह तो दासों के गाँव थे उनके! चौदह हाथियों के झुण्ड, चौदह घोड़ों के झुण्ड और चौदह रथों के झुण्ड थे।''

आर्य शुद्धोदन ने कहा : ''तब तो अच्छा खाता-पीता आदमी था!''

आर्य कोट्टित अचकचा गए। उनके पास भी द्रव्य की कमी न थी, पर वे दूसरों की सम्पत्ति और अपनी बुद्धि को सदैव बड़ा समझने वाले व्यक्ति थे। शुद्धोदन भी बड़ा धनी था।

''फिर हुआ क्या?'' भद्रा कापिलायिनी ने पूछा।

''देवी!'' कोट्टित ने कहा : ''वे दोनों ही प्रव्रजित हो गए। सब छोड़ दिया!

धर्म के दायाद के रूप में उन्होंने सन के पाँसुकूल वस्त्र धारण किए।''

यशोधरा ने सुना तो लगा वह उस सबको सुनकर समझ नहीं पाई है। क्या उसी के पति ने जीवन का कोई सत्य पा लिया है, जो सब उससे प्रभावित होते जा रहे हैं! यहाँ धर्म था, सबका अपना धर्म था। कोई तीर्थंकर जिनों का अनुयायी था, कोई परिव्राजक और कोई जटिल था। सम्प्रदायों की अनबूझ भीड़ थी। ब्राह्मण अपना अलग राग अलापते थे। इन सबमें से सचमुच ठीक कौन था!

आर्य कोट्ठित ने कहा : ''देवी! तनिक जल तो मंगाइए!''

गौतमी ने स्वयं जलपात्र भरकर दिया। पानी पीकर उसने कहा : ''आर्ये, राजा चण्डप्रद्योत ने भी बुद्ध को अपने यहाँ बुलवाने को अमात्यों से परामर्श किया था। महाकात्यायन ब्राह्मण ही को इसलिए भेजा गया था। वह भी जाकर भिक्षु हो गया। शास्ता अनात्मवादी हैं।''

''यह क्या देव?'' गौतमी ने पूछा।

कोट्ठित ने कहा : ''सब कुछ जब संसार में क्षण-क्षण बदल रहा है आर्ये! तब कुछ भी स्थिर कैसे रह सकता है। बताओ, गण में ही कितना परिवर्तन हो गया है! ब्राह्मण कहते हैं, आत्मा सबमें समान है और सबमें घूमती है, आत्मा ही बार-बार जन्म लेती है। स्थिरता कैसे हो सकती है?''

''यही मैं भी सोचता था आर्य!'' शुद्धोदन ने कहा, ''आत्मा तो वर्गगत व्यक्ति में होती है, कुल-परम्परा से व्यक्ति चलता है। तब तो दास पर कभी-कभी खत्तिय को अत्याचार भी करना ही पड़ता है।''

''वह तो नहीं करता, दास बिना उसके दबते ही नहीं।'' अमृतोदन ने कहा।

''यही तो! यही तो!'' शुद्धोदन ने कहा : ''आत्मा नहीं है। यही तो लोग कहते हैं।''

''यह कैसे स्पष्ट हुआ?'' भद्रा ने पूछा, ''आत्मा अलग-अलग है तो पाप-पुण्य के फल भी अलग-अलग हैं, जब आत्मा न हो तो फल किसे मिलेगा?''

''देवी!'' कोट्ठित ने कहा, ''मैं नहीं समझता, परन्तु शास्ता कहते हैं, यह सब कर्म संघट्ट है। समूह का ही सब रूप है, जैसे फल आलोक है, परन्तु आलोक दीपशिखा, तैल, दीप आदि के समूह का मिलन है!''

''वाह, क्या बात है!!'' अमृतोदन ने कहा, ''दास जैसा करेंगे वैसा पाएँगे। अच्छे कर्मों का संघट्ट होगा, अच्छा फल मिलेगा।''

''हमें भी वही होगा, देव!'' भद्रा ने मुस्कराकर काटा।

''हाँ-हाँ, क्यों नहीं?'' अमृतोदन ने कहा।

"तो समूह का कार्य समूह का फल होगा, व्यक्ति का तो क्षणिकवादी अनात्म में व्यक्तित्व ही नहीं रहा। फिर समूह के फल में व्यक्तिविशेष के पाप-पुण्य का फल व्यक्ति को कैसे मिलेगा?"

कोद्वित अचकचा गया। बोला : "वत्से! तू कैसे समझ लेगी इसे? जब सब बदलता है, तो उसमें न बदलने वाली आत्मा हो भी कैसे सकती है?"

"तो आर्य! आत्मा नहीं ही सही। उसके बिना क्या काम नहीं चलेगा? फिर पुनर्जन्म की भी क्या कोई पक्की बात है? ऐसा केवल कहा ही तो जाता है!"

"देवी!" कोद्वित ने दयनीय भाव से गौतमी की ओर देखकर कहा : "देखती हो! अरे पुनर्जन्म नहीं होता तो यह पीढ़ी के बाद पीढ़ी कहाँ से आती है! दीप से दीप जलता है! क्या अग्नि अग्नि अलग है। दोनों बत्तियों में लौ है, पर क्या वह अलग है?"

"देव!" भद्रा ने कहा, "इस हिसाब से कुछ भी प्रमाणित नहीं होता। यह तो बच्चों का-सा तर्क है। दीप से दीप में आग जाती है। ठीक है। पर वह आग दीप में तेल से जलती है। आग दीप के गुणों के बदलने से अपने-आप नहीं आती। पहला दीपक जलाने वाला कोई और ही होता है। फिर आग दीप का भाग नहीं है। आग तो सदैव है, हर जगह है। दीप की बत्ती तेल में भीगकर उठे और किसी तरह इस योग्य हो जाए तो आग पकड़ती है, फिर वह दीप अपने को मिटाता है, आग जलती है। दीप की शक्ति समाप्त हो जाती है, आग बुझ जाती है, परन्तु आग फिर भी बनी रहती है। तो या तो दीप सत्य है, या आग? यह भी क्या हुआ? कुछ नहीं? यह अनात्म तो स्पष्ट नहीं हुआ? ब्राह्मण आत्मा मानते हैं। शास्ता की बात के अनुसार तो गणों में न चलने वाला ब्रह्मा भी स्वीकार कर लिया गया है।"

"तो फिर कोई सुखी, कोई दुखी क्यों होता है?"

देव! ब्राह्मण तो आत्मा का निर्णय करके कार्य-कारण की कल्पना करता है, पर अनात्म में तो यह ही तय नहीं होगा कि किसके पाप का फल कौन भोग रहा है। हां, यह फायदा अवश्य है कि अत्याचारी और पापी अनात्म की आड़ में दलित और पुण्यवान को सहज ही बिना हिचकिचाए दबाए रह सकेगा!"

"क्या कहती है तू, भ्रदा!" शुद्धोदन ने कहा : "सारी व्यवस्था पलट जाएगी। चारवाक का जड़वाद बोलती है तू! फिर तो संसार में कोई धर्म ही न रहेगा।"

"हाँ, देव! लोक उसे चाहता है क्योंकि उसमें कोई भय नहीं। पूर्ण जड़ता है। तभी वह धर्म लोकायत है। शूद्र और दास उसे चाहते हैं। ब्राह्मण आत्मा और

पुनर्जन्म मानते हैं तो अपने लाभ के लिए, वे सबसे ऊँचे रहें और व्यवस्था चले। परन्तु क्षत्रिय दर्शन अनात्म मानता है क्योंकि ब्राह्मण की स्थिरता नहीं मानता फिर पुनर्जन्म क्यों मानता है? मैं नहीं समझती!''

''लोक विनष्ट हो जाएगा भद्रे!'' शुद्धोदन ने कहा, ''इसलिए पुनर्जन्म को कैसे अस्वीकृत किया जा सकता है?''

''विरक्ति, गृहत्याग, अनात्म, पुनर्जन्म, मुझे इनमें कहीं न कहीं कोई गड़बड़ अवश्य लगती है, आर्य!''

''तू नहीं समझेगी!'' आर्य कोद्दित ने कहा।

यशोधरा सोचने लगी।

आर्य कोद्दित ने अब भर्राए स्वर से कहा : ''आर्य, मगध के प्रसिद्ध-प्रसिद्ध कुलपुत्र जब बुद्ध के पास जाने लगे तो निन्दकों ने कहना प्रारम्भ किया : श्रमण गौतम अपुत्र बनाने को उतरा है, कुल-विनाश और विधवा बनाना ही उसका काम है। परन्तु बुद्ध, महावीर बुद्ध के सामने वह सब निन्दा सप्ताह-भर में ही बुझ गई।''

आर्य शुद्धोदन ने उठकर कहा : आर्य! वह मेरा पुत्र है। छह वर्ष की दुष्कर तपस्या करने के बाद वह परम अभिसंबोधि को प्राप्त कर सका है। इस समय वह कहाँ है?''

''आर्य! बुद्ध श्रमण गौतम इस समय वेणुवन में हैं।''

शुद्धोदन ने ताली बजाई। दास आया।

''अमात्य भद्दिय को बुला।''

कुछ ही देर में अमात्य भद्दिय ने आकर अभिवादन किया।

''भद्दिय!'' शुद्धोदन ने कहा।

''महाराज!'' अमात्य ने आज्ञा माँगी।

''आ भणे!'' शुद्धोदन ने कहा, ''मेरे वचन से हज़ार आदमियों के साथ राजगृह जा। जा, श्रमण गौतम से कहना कि तुम्हारे पिता शुद्धोदन महाराज तुम्हें देखना चाहते हैं और उसे यह कहकर ले आ।''

''अच्छा देव! जैसी आज्ञा!'' कहकर अमात्य तो बाहर चला गया किन्तु यशोधरा के मन में जैसे आँधी आ गई। उसने देखा महाप्रजापती गौतमी आँखें बन्द किए जैसे किसी विभोर कल्पना में डूब गई थीं। आर्य अमृतोदन अब उठ खड़े हुए अग्रज की ओर देखकर बोल उठा : ''आर्य! महाराज!''

''क्या है वत्स अमृतोदन!''

''वह फिर आएगा?''

''क्यों नहीं आएगा अमृतोदन! अब वह संसार को अभय दे रहा है, क्या अब भी उसे किसी प्रकार का भय रोक लेगा?''

''उसे भय!'' आर्य कोट्ठित ने कहा, ''वह महावीर है। वह राजाओं का राजा है। वह चक्रवर्ती है। वह बिना दण्ड के शासन करता है। उसने वह कहा है, जो संसार में कोई नहीं जानता था। संसार का दुःख सत्य है...सचमुच आर्य! यह सब दुःख ही तो है...''

महाराज शुद्धोदन संथागार से लौटा तो आज वह बहुत चिन्तित था। उसको कुछ सूझ नहीं रहा था। बहुत देर सोचने के बाद उसने पुकारा, ''भद्रे!''

भद्रा कापिलायिनी उसी समय यक्खपूजा करके उठी थी। उसने स्वर सुना तो जाकर प्रणाम किया।

''आर्य ने स्मरण किया?''

''हाँ भद्रे! तू बैठ! आज मुझे राय दे।''

भद्रा कापिलायिनी बैठ गई!

''आर्य कहें।'' उसने पूछा।

''वत्से! नौ अमात्य चले गए हैं।''

''जानती हूँ आर्य!''

''फिर, उनके साथ प्रत्येक बार हज़ार-हज़ार व्यक्ति गए हैं और इस नौ हज़ार की संख्या में से कोई भी लौटकर नहीं आया है।''

''यह भी जानती हूँ आर्य!''

''फिर भी तू कुछ नहीं कहती?''

''क्या कहूँ आर्य! मेरे पास राहुल है।'' भद्रा कापिलायिनी ने दूर आकाश की ओर देखते हुए कहा। शुद्धोदन समझा नहीं।

''कहाँ गए थे आर्य?'' भद्रा ने पूछा।

''मैं संथागार गया था। विशेष कारण था।''

भद्रा ने प्रश्नवाचक दृष्टि से देखा। शुद्धोदन उसे बता देता था। पुत्र के जाने के बाद उसे एक काम यह भी था कि वह पुत्रवधू का मन किसी प्रकार भी दुःखी नहीं करे। वह सोचता था शायद इसमें भद्रा का मन बहल जाएगा। बेचारी को वह जब से छोड़ गया है, तब से तपस्विनी-सी जीवन व्यतीत कर रही है। जिस प्रासाद में रहती है, उसी में रही आती है। वहाँ कोई मंगलवाद्य नहीं बजता। सुवर्ण, रजत,

रत्न और गजदन्त सब ज्यों के त्यों रखे हैं, दास और दासियाँ उन्हें प्रतिदिन धूल से मुक्त करते हैं, किन्तु यशोधरा हाथ भी नहीं लगाती, सतखण्डे महल में उदासी साँय-साँय करती है। दण्डधर और प्रतिहारी दबे पाँव चलती हैं। विशाल अलिन्दों में दासियाँ फुसफुसाकर बातें करती हैं। इस प्रासाद में दासियों को परपुरुष से बलात् सम्बन्ध नहीं करना पड़ता। और एक दिन नहीं, पूरे छह वर्ष इसी प्रकार बीत चुके हैं।

"बात यह है," राजा शुद्धोदन ने कहा, "आज राजा भद्रवतक के दासों के ग्रामों में हलचल मच गई है। श्रेष्ठियों ने अनेक को खरीदा है और उन्हें ठेके पर लगाते हैं। दासों में श्रेष्ठियों की ओर बढ़ने की उत्सुकता दिखाई दे रही है।"

यशोधरा ने कहा : "आर्य! यह विद्रोही तो होगा ही। प्राचीन कुलपरम्पराएँ जब टूटेंगी तो क्या नहीं होगा?"

परन्तु आज उसने उधर ध्यान नहीं दिया।

थोड़ी देर में दास ने आकर कहा : "प्रभु आर्य कालउदायी आए हैं।"

"सादर ले आ!" शुद्धोदन ने कहा।

कालउदायी ने आकर शुद्धोदन का अभिवादन किया और विषण्णवदना भद्रा को देखकर प्रणाम किया और कहा : "भ्रातृजाया। सकुशल तो हैं।"

भद्रा ने बनावटी हँसी हँसकर कहा "क्यों नहीं देवर! तुम तो उन्हें भ्रातर कहते थे। एक ही गोत्र के हो। फिर भी कभी उनके जाने के बाद आए?"

कालउदायी ने उदासी से देखा और कहा : "भाभी! घटकार ब्रह्मा भी विचित्र कर्म करता है। मैं कहूँ भी तो क्या? महाराज शुद्धोधन ने मुझे अपना अन्तरंग सखा बनाया है। अतिविश्वास्य हूँ। मुझे महाराज ने सर्वार्थ-साधक अमात्य कहा है। मैं करूँ भी तो क्या? मैं श्रमण गौतम के साथ उसी दिन इस संसार में आया, दोनों साथ-साथ धूलि में खेले, परन्तु वह आज चक्रवर्ती विभव भोग रहा है। मेरा कहना ही क्या! देवी! तुम्हें कभी सन्तोष नहीं होता।"

"क्यों नहीं होता?" यशोधरा ने कहा : "सन्तोष होता है, तभी तो अपने अग्रज का स्मरण करके तू लंबी साँस लेता है और आर्य शुद्धोदन बार-बार कहते हैं कि मेरा पुत्र नहीं आया, मेरा पुत्र नहीं आया। श्रमण गौतम तो वे भी नहीं कहते? फिर मैं तो स्त्री हूँ। तुम लोगों की भाँति विचक्षण भी नहीं हूँ।"

कालउदायी ने सिर झुका लिया।

शुद्धोदन कुछ देर चुप रहा, फिर उसने भर्राए स्वर से कहा : "तात! कालउदायी!"

"महाराज!" कालउदायी ने ऊपर देखा।

शुद्धोदन व्याकुल-सा उठ खड़ा हुआ। उसके हाथ खुल गए। उसने कहा : 'तात! नौ सहस्र व्यक्ति गए और खो गए। गया हुआ लौटता नहीं, न शासन सुनाई देता है। कोई समाचार नहीं, कोई पत्र नहीं। आ भणे! तू जा! देख तो सही। वहाँ होता क्या है। आखिर! क्या वे श्रमण गौतम तक पहुँचते नहीं?"

कालउदायी मुस्कराया। परन्तु यशोधरा भी मुस्कराई।

"भाभी, तू हँसी क्यों?" उदायी ने पूछा।

"आ भणे! तू क्यों हँसा?" यशोधरा ने पूछा।

"कुछ नहीं, सोचता था जो मैं जानता हूँ वह कितना विचित्र था!"

"तो क्या जो तू जानता है वह उससे भी अधिक विचित्र है, जो मैं जानती हूँ?"

"क्या जानती है तू?"

"अधिकार पद से मैं तुझसे बड़ी हूँ। तेरी भाभी हूँ। तू ही बता।"

शुद्धोदन ने आश्चर्य से देखा। कालउदायी सकपकाया। तब भद्रा ने कहा : "यही न कहना चाहता है कि वे सब वहाँ जाकर प्रव्रजित हो गए हैं।"

"तू कैसे जानती है भ्रातृजाया!" उदायी ने चौंककर कहा।

"मुझसे छन्न ने कहा।"

"छन्दक ने!"

"हाँ।"

"वह कैसे जान पाया?"

"वह शाक्य राजा शुद्धोदन नहीं है उदायी। वह सबसे मिल सकता है।"

"तब तो मेरा सम्वाद पुराना हुआ।"

"परन्तु मैं पूछती हूँ कि ऐसा क्यों हुआ?"

"देवी! वे वहाँ जाकर अपने को भूल जाते हैं। श्रमण गौतम शाक्यसिंह है। वह भिक्षुसंघ में सिंह के समान गर्जन करता है। उसका अप्रतिम देवरूप, उसका वह अथाह सौन्दर्य..."

"ठहर, देवर!" यशोधरा ने हठात् काटकर कहा : "तू स्त्री है कि पुरुष है!"

"क्यों भाभी!" वह चौंक उठा।

"तू पुरुष रूप की ऐसी सतृष्ण प्रशंसा करता है जैसे आर्यपुत्र को देखकर एक दिन खत्तिया कृशागौतमी ने की थी।" यशोधरा हँसी, फिर कहा : "अरे उदायी! तू समझता है जम्बूद्वीप में सब मूर्ख रहते हैं। मेरे पति ने ज्ञान के बल पर

लोगों को प्रभावित किया है, देवर! उसने अमृत दुन्दुभि बजाई है। उसने दुःख में पड़े हुए लोक को शरण दी है। तू समझता है वह पागल था जो हमें छोड़कर चला गया था! तू क्यों नहीं चला गया उदायी? शाक्यों के कुलों में कोई है जो ऐसा गया था? और उसने धर्मनाद किया है। खड्ग के बल पर कौन नहीं विजय प्राप्त करता! परन्तु मेरे पति ने जो गौरव प्राप्त किया है। उसके लिए महाब्रह्मों और महाराजाओं को भी ककुध भाण्ड हाथ में लेकर खड़ा रहने का काम मिले तो वह भी पूरा नहीं होगा। वह संसार में सर्वश्रेष्ठ है। वह अलिप्त है उदायी। वह मुझे क्या यों ही छोड़कर चला गया था? वह बहुजनहिताय धरित्री पर विहार करता है। वह लोक में आलोक फैलाने के लिए संक्रमण करता है। तू समझता है वह कुछ नहीं कहता। मैं स्त्री हूँ। समझती नहीं हूँ। परन्तु मैंने जैसा सुना है वह बताती हूँ। आर्य श्रमण गौतम चार आर्य-सत्यों को बताता है। दुःख है, दुःख का हेतु है, दुःख का निरोध है और दुःख-निरोध का मार्ग है। जो धर्म हैं वे हेतू से उत्पन्न होते हैं। बुद्ध ने उनके हेतु बताए हैं। उनका निरोध बताने वाला वह महाश्रमण असाधारण पुरुष है!''

शुद्धोदन भौंचक रहा गया। यशोधरा कहती गई : ''मैं कोलिय खत्तिया हूँ देवर! तू मुझे अशिक्षित न जान। कहाँ हैं निगण्ठ नातपुत्त के अनुभव! कहता है कोई वैसा? जटिल हैं, योगी हैं, परन्तु बहुजनहिताय किसने कहा? किसने कहा कि आत्मा के नाम पर अनर्गलता व्याप्त है। किसने कहा कि मनुष्य का तर्क सबसे ऊपर है। न आलारकालाम बता सका न उद्दक रामपुत्त। मेरा पति! उसने कहा है कि पाँचों उपादान स्कन्ध रूप, वेदना, संज्ञा, संस्कार, विज्ञान, यह सब दुख है। तृष्णा, हिंसा, लोभ के विरुद्ध कौन वज्र निनाद कर रहा है। वह जो शाक्य सिंह है!''

यशोधरा आवेश में स्फुरित हो उठी थी। उसकी आँखें चमक उठी थीं। शुद्धोदन ने आनन्द से आँखें मींच ली थीं। भद्रा कापिलायिनी ने रुंधे हुए स्वर से कहा : ''परन्तु आर्य्य! वह तो दर्शन की बात है। क्या कोई ऐसा नहीं है जो आर्य्यपुत्र को अपने वृद्ध पिता का स्मरण दिला सके?''

शुद्धोदन ने कहा : ''उदायी! तू जा! तू उसे ले आ! वह तुझे मना नहीं कर सकेगा।''

उदायी मुस्कराया। कहा : ''आर्य! मैं तत्पर हूँ।''

कालउदायी खड़ा हो गया। ''परन्तु'' उसने कहा, ''आर्य! मैं नहीं जानता, मुझे कितने दिन लगेंगे।''

"शरीर का कोई ठिकाना नहीं।" शुद्धोदन ने बढ़कर कहा, "तात! मैं जीते जी पुत्र को देख लेना चाहता हूँ। मेरे पुत्र को मुझे दिखा सकेगा?"

"आर्य! मैं चंचलचित्त नासमझ हूँ। मैं कुछ समझता नहीं। यदि मैं भी प्रव्रजित हो गया तो?"

"तू कुछ भी हो जा उदायी परन्तु तू उसे ले आ!" शुद्धोदन ने व्याकुल स्वर से कहा।

"आज्ञा शिरोधार्य!" कहकर उदायी ने सिर झुका लिया।

बहुत दिन बीत गए थे, यह जीवन कितना विशाल और दुरुह था। यहाँ दिशान्त व्यापी चक्रवाल आँगन से ही जाते हैं और भग्नखण्ड अपनी ही विषादिनी नीरवता में तल्लीन होकर अपने-आपको विस्मृत कर देते हैं।

महाप्रजापती गौतमी आज अत्यन्त व्यस्त थीं। उन्हें शाक्यकुमारियों के किसी उत्सव में जाना था। सतखण्डे महल के नीचे उतरकर जब वे किसी विशाल प्रांगण में खड़े हुए भव्य श्वेत तुरंगों के रत्नजटिल सुवर्ण-रथ में चढ़ीं तब एकाएक सिंहद्वार पर एक मागध ब्राह्मण के साथ आर्य शुद्धोदन दिखाई दिया। शुद्धोदन ने निकट आकर कहा, "आर्ये, इस समय तुम्हारा न जाना ही श्रेयष्कर है।"

"क्या देव? महाप्रजापती गौतमी ने चिन्ताकुल स्वर में कहा।

"देवी, शासन आया है।"

"क्या महाराज?"

"देवी," शुद्धोदन ने कहा, "कालउदायी सफल हुआ।"

महाप्रजापती गौतमी आनन्द से पुलकित हो उठीं, उन्होंने विभोर होकर कहा, "तो क्या मेरा पुत्र सचमुच वापस आ रहा है?"

मागध ब्राह्मण मुस्कराया। उसके वृद्ध मुख पर करुणा और स्नेह की झलक दिखाई दी, उसे ऐसा लगा जैसे ग्रीष्म से व्याकुल हुई धरित्री पर वर्षा के प्रथम स्फुरण से एक नवीन उन्माद थिरक उठा हो। छह वर्षों का दाह आज एक घूँट के लिए अपने प्राणों के समस्त वरदानों का समर्पण करने के लिए मानो दोनों हाथ पसारकर उठ खड़ा हुआ हो। आज जो महाश्रमण गौतम अपने सिंहनाद से व्रज दिशाओं को आलोकित-प्रतिध्वनि कर रहा था, महाप्रजापती गौतमी के लिए वह अभी तक धूल में डगमगाकर चलने वाला छोटा बालक ही दिखाई देता था। वह रात्रि की नीरव प्रशांति, जिसमें रत्नदीपों की दाड़िम-शिखाएँ स्फटिक और स्वर्ण की फलकाओं पर प्रतिध्वनि प्रतीत होती थीं। जब वीणा पर बजती हुई उंगलियाँ

कोमल मीठे स्वर से सुगंधित धूमिल अन्धकार में लोरियाँ गुँजाया करती थीं, वह सब ममता का अक्षय भण्डार था। आज महाप्रजापती गौतमी को लगा जैसे वही अनिंद्य सौन्दर्य जिसे देखकर आँखें ऐसी भर जाती थीं जैसे नीलमणि का चषक आरक्त मदिरा से तृप्त हो जाता हो, वह फिर उसके अतीत को झंकृत करता हुआ पुनः आएगा...आएगा वह, जो उसके जीवन का आधार था, जिसे उसने अपनी छाती का दूध पिलाया था, जिसके कोमल पाँव की लात अपने पेट पर सहकर उसके स्निग्ध गालों को सहला दिया था। महाप्रजापती गौतमी को याद आया कि उस बालक को राजा शुद्धोदन ने महाप्रजापती गौतमी के हाथ में सौंपकर उत्तम रूपवाली दोषरहित धाइयों को साथ में दे दिया था, तब उस दिन राजा के यहाँ खेत बोने का अवसर था। उस दिन कपिलवस्तु नगर को सब लोगों ने देवताओं के विमान की भाँति अलंकृत किया था। दास, कर्मकर, सैनिक सब नए वस्त्र पहनकर, गन्धमाल से विभूषित होकर राजप्रासाद में आकर एकत्रित हुए थे। राजा की खेती में एक हजार बैल लगते थे; उस दिन वृषभों की रूपहली रस्सी की ज्योति के साथ सात सौ निन्यानवे हल थे। रत्न और स्वर्ण से जटित राजा का हल चमक रहा था। बैलों के सींग और कशाएँ स्वर्णखचित थे। उस दिन राजा शुद्धोदन अपने अत्यन्त सुन्दर पुत्र को लेकर जब खेतों के समीप ही सघन छाया वाले जामुन के वृक्ष के पास पहुँचा तो उसने ऊपर और नीचे स्वर्णतारखचित वितान तनवाया, रजत तार से अलंकृत भव्य कनातें घेर दी गईं। प्रहरी सन्नद्ध हो गए, यहीं छोटा-सा कुमार शैया पर लिटा दिया गया था। रत्न और सुवर्ण से अलंकृत राजन्य वर्ग हल चलाने में लग गया था। असंख्य प्रजा की भीड़ कौतूहल से देख रही थी। उसी समय यही छोटा पुत्र एकान्त हो जाने पर जब सब कौतूहल से मग्न थे, शैया पर ऐसा उठकर बैठ गया था जैसे वह समाधिस्थ था। सच, उस समय तो नहीं, किन्तु जब वह लौटकर महाप्रजापती गौतमी के पास आया था, तो छाती से लगकर कितनी हिचकी बाँधकर रो दिया था। गौतमी ने स्नेह और आनन्द से बार-बार उस बालक का मुख चूमकर हँस-हँसकर उसे चुप कराया था, अब वही लौटकर आने वाला था। महाप्रजापती रथ से आतुर-सी उतर पड़ीं और उन्होंने कहा, "मैं नहीं जाऊंगी आर्य, मैं कहीं नहीं जाऊंगी, मेरा सिद्धार्थ लौटकर आ रहा है। कितने दिन बीत गए, मैं तो सोच भी नहीं पाती, अरे, वह मुझसे रूठकर चला क्यों गया था! नहीं, नहीं, वह तुम लोगों से उदास हो गया था, कोई भी कैसा ही ज्ञानी हो किन्तु जननी की तो वन्दना सभी करते हैं, तुम समझते हो वह मुझे कभी भूल सकेगा, नहीं...नहीं..." वे और नहीं कह सकीं।

ऐसा लगा जैसे महाप्रजापती गौतमी अपने उद्वेग को संभाल नहीं सकीं और एक नए ओज के साथ वे प्रासाद की पाषाण की स्निग्ध सीढ़ियों पर चढ़ने लगीं। उन्होंने ऊपर पहुँचकर पुकारा, "भद्रा कापिलायिनी, भद्रा कापिलायिनी!"

स्वर काँपता हुआ स्तम्भों से टकराता हुआ जब भीतों पर लटकते रत्नहारों को कँपाता यशोधरा के कानों में पड़ा तो उसे आश्चर्य हुआ। वह अभी उठकर आ भी नहीं पाई थी कि राहुल पुकार उठा : "पितामही, अम्ब पितामही बुला रही हैं..."

महाप्रजापती गौतमी आ ही गईं, उन्होंने आर्द्र स्वर में कहा, "यशोधरे! मेरा पुत्र आ रहा है..."

राहुल अवाक् देखता रहा, फिर उसने हठात् कहा, "कौन पितामही, कौन आ रहा है..."

यशोधरा स्तब्ध बैठी रही।

महाप्रजापती गौतमी ने उसी उद्वेग से कहा, "तात! मेरा पुत्र, तेरा पिता आ रहा है, अरे वह आ रहा है, अरे मेरा पुत्र आ रहा है..."

वह अपने गद्गद कण्ठ के अवरुद्ध हो जाने पर भी रुकी नहीं, बढ़ चलीं। उन्हें आज न किसी उत्तर की प्रतीक्षा थी, न आज प्रत्याख्यान सुनने की पिपासा रही थी। जो सुनने योग्य था वह सुन लिया गया था। अब दग्ध कान्तार सुपुष्पित होकर पड़ा हुआ था। आज वायु के प्रत्येक झोंके को जैसे वह महावन की ममता अपनी घ्राण तृप्त करने वाली दिगन्तव्यापिनी सुरभि को अपने-आप लुटाए दे रही थी। पूर्ण की यह क्षणिक मर्यादा जैसे युगों के अपूर्ण चक्र को ऐसा मिलाए दे रही थी जैसे किसी ने अपने रक्त के बिन्दु से उस अत्यन्त सूक्ष्म किन्तु अनन्त दूरी को एक परिधि के पर्याय के रूप में मिलाकर एक कर दिया था, मानो आरोहण और अवरोहण के स्तरों में भटकता हुआ राग अपनी अतीन्द्रिय अपूर्णता को एक ही तल्लीन समाधि में प्राप्त कर गया था। जैसे पूर्ण चन्द्र-विभा से पुलकित हुआ महासमुद्र अपने की गर्जन और आलोड़न में अपने अस्तित्व-निरोध को नष्ट किए दे रहा था, जैसे रिक्ति के नश्वर क्षण आज प्राप्ति के निमिष में ही अपने कालयापन को पूर्ण करके अपनी परिधि से पार हो गए हों। उस उद्वेलित जीवन्त स्नेह में कितनी-कितनी असंख्य स्मृतियों की दीप-शिखाएँ जैसे सहसा ही सुलग उठी थीं, जिसने अतीत और वर्तमान के व्यवधान को मिटाने वाले मुखर आलोक बिन्दुओं के द्वारा एक ही आनन्द मुखरित कर दिया था।

महाप्रजापती गौतमी दासियों को कुलीन स्वर में आज्ञा देती हुई बढ़ चलीं।

यशोधरा अवाक् ही देखती रही, राहुल नहीं समझा। उसने यशोधरा के

कन्धे पकड़कर कहा, "अम्ब, पितामही के पुत्र, मेरे पिता हैं, तो तेरे कौन हैं..."

यशोधरा ने सुना। क्षण-भर उसकी ओर देखती रही फिर हठात् उसे खींचकर अपने वक्ष से लगा लिया और आज पहली बार वह सस्वर रो उठी जैसे समस्त गरिमा उद्‌भासित हो उठी हो। राहुल दिग्भ्रान्त-सा देखता रह गया। आज भद्रा कापिलायिनी का बाँध टूट गया था, आज उसके पुत्र ने ही उससे वह दारुण प्रश्न किया था जिसे वह अपने मन में छिपाए हुए थी। सचमुच उसी पुरुष के प्रतिनिधि ने वही प्रश्न पूछा था जो वह अपने अपराध से पूछना चाहती थी, परन्तु पूछ न सकी, क्योंकि उसने पूछने का समय भी नहीं दिया, वह तो रात को चुपचाप चला गया था, सोती छोड़कर चला गया था। और आज उसकी माता ने स्नेह में फिर यशोधरा को भुला दिया था...वह इस बालक को कैसे समझाती...मन के विशाल गह्वरों में स्मृतियों की वायु घुमड़न भरकर गूँज रही थी और जीवन का विराट गिरि मानो आर्त्त होकर सुदूर क्षितिज तक स्वरों की समवेदना का जाग्रत करके कराह उठता था, किन्तु सुनने वाला तो कोई नहीं था। मर्यादा की सोने-चाँदी की रेखाएँ आज अभिशप्त, विध्वस्त आशाओं के कगारों पर व्याकुल होकर पिघल-पिघलकर बह निकली थीं...और यशोधरा आज रो उठी थी...

भद्रा कापिलायिनी अपने प्रकोष्ठ में बैठी थी। उसके पास कोई नहीं था। सारा कपिलवस्तु आज भी जैसे उन्माद से काँप रहा था। द्वार-द्वार पर यक्ष देवताओं के चित्र रंगों से सुसज्जित किए गए थे। राजकुलों में आज भी कोलाहल था। शाक्यों का मन आज भी समुद्र की तरह उमड़ रहा था। वह कल आया था जो लुम्बिनी में जन्मा था किन्तु जिसके नाम आज आसमुद्र वसुन्धरा पर सादर अभिनन्दन के ऊपर उठकर जीवन को नई प्रेरणाएँ दे रहा था।

राजगृह में जाकर कालउदायी, शास्ता की धर्मदेशना के समय परिषद् के अन्त में जाकर खड़ा हुआ। शास्ता ने अपने चिर-परिचित को देखा तो कहा : "आओ भिक्खु, आओ!"

वह प्रव्रजित हुआ।

शास्ता बुद्ध होकर, पहले ऋतु-भर ऋषिपत्तन में वास कर, वर्षवास समाप्त कर, प्रावारण कर, उरुबेला में गमन करके तीन महीने रुककर, जटिल बन्धुओं को प्रव्रजित करके, एक सहस्र भिक्षुओं के साथ, पौष मास की पूर्णिमा को राजगृह जाकर दो मास तक बसे, इतने में वाराणसी से चले पाँच मास व्यतीत हो गए।

सारी हेमन्त ऋतु बीत गई। उदायी स्थविर, आने के दिन से सात-आठ दिन

बिताकर फाल्गुन पूर्णमास को सोचने लगा—हेमन्त बीत गया, वसन्त आया। मनुष्यों ने शस्य काटकर पथ प्रशस्त कर दिया। पृथ्वी हरिततृणों से आच्छादित हो गई, वन खण्ड फूल उठे। यही जाति का संग्रह करने का उचित समय है। वह सम्यक् सम्बुद्ध के पास जाकर कहने लगा—

"भदन्त! पत्ते छोड़कर फल की इच्छा से द्रुम अब अंगार वाले हो गए। महावीर! लगता है जैसे उनपर दीपशिखाएँ सुलग उठी हैं...यह रसों का समय है। हरियाली से भूमि पुलकित है, महामुनि! यह जाने की बेला है..."

श्रवण गौतम ने पूछा : "उदायी! क्या है जो मधुर स्वर से यात्रा की प्रशंसा कर रहा है..."

उदायी ने कहा : "भन्ते! आपके पिता शुद्धोदन महाराज आपको देखना चाहते हैं, जातिवालों का संग्रह करें..."

यशोधरा सोच रही थी। उसने सुना था कि आर्यपुत्र ने निमंत्रण स्वीकार कर लिया था! लोक से इतनी समवेदना यदि बुद्ध में न होगी तो और होगी भी किसमें!

और सचमुच 20,000 भिक्षुओं के साथ महाश्रमण गौतम चल पड़े। उन 20,000 भिक्षुओं में 10,000 तो अंग और मगध के कुलपुत्र थे और 10,000 कपिलवस्तु के ही निवासी थे, आज वे सब क्षीणास्रव होकर चल पड़े थे। राजगृह से साठ योजन दूर कपिलवस्तु को पहुँचने में उन्हें धीमी चारिका से दो मास व्यतीत हो गए।

और कल वे आए थे। न्याग्रोध शाक्य के आराम (बाग) को रमणीय जानकर कुलपुत्रों ने स्वच्छता से सुज्जित स्थान में गंध-पुष्प हाथ में लिए, पूर्णालंकृत नगर के छोटे लड़के-लड़कियों को बुद्ध का स्वागत करने के लिए पहले भेजा। फिर राजकुमार और राजकुमारियों को भेजा। उनके बाद राजकुल के क्षत्रिय महासम्मत शाक्य गन्ध, पुष्प, चूर्ण आदि से श्रमण गौतम की पूजा करते हुए न्याग्रोधाराम में ले गए। वहाँ बीस सहस्र क्षीणास्रवों के साथ बुद्ध स्थापित बुद्धासन पर बैठे।

वह सब ठीक था, आर्य शुद्धोदन, आर्य अमृतोदन, महाप्रजापती गौतमी, सब विभोर हो उठे थे। उनकी तो साधनाएँ पूरी हो गई थीं। पुत्र राहुल तो बाहर ही था। कल यशोधरा को किसी ने भी याद नहीं किया। वह क्या कल थी ही नहीं? क्या केवल श्रमण के लौट आने में ही उसकी युगों की प्रतीक्षा पूर्ण हो गई थी? क्या था जो महाशून्य-सा अव्यक्त था, जिसमें उद्वेग का अज्ञात धू-धू करता अट्टहास झकोर ले-लेकर गूँजता था, परन्तु वह तो कुछ भी नहीं बता पाती थी। वह क्या था जो चिरंतन नहीं था, परन्तु प्रतिशोध लेना चाहता था, और वह प्रतिशोध केवल ममता की आर्त्त मनुहार थी। हृदय को हिला देनेवाली वह यातना कितनी

अस्पृष्ट और कितनी चेतन थी, जो ऊपर की उन्मत्त लहरों के बीच में शान्ति की विवेकिनी छाया बनकर अब तक अबुझ दीपशिखा की भाँति जले जा रही थी।

उसका तो पति आया था। मानिनी भद्रा कापिलायिनी यह नहीं सुनना चाहती कि महानगर में एक देवता आया है, वह तो उस पुरुष को चाहती है जो उसके पुत्र को गोद में लेता और फिर उसकी ओर देखकर भले ही घृणा और उपेक्षा से ठोकर मारकर चला जाता। वह तो उसकी प्रीति का ही उजागर परोक्ष रूप होता। उसे तो वह सह लेती, किन्तु यह गौरव, यह अलगाव...। राष्ट्र तो जयध्वनि से ऐसा काँप रहा है जैसे महावृक्ष पक्षियों के अरुणोदयकालीन कलरव से गूँज रहा था। कपिलवस्तु में आज भेरीघोष के स्थान पर धर्मनाद उठ रहा था।

आज प्रभात!! उसके देखा था, प्रासाद के वातायन से देखा था। और न जाने क्यों वह काँप उठी थी। उसने जाकर आर्य शुद्धोदन से कहा था : "आपका पुत्र भिक्षाचार कर रहा है। जो आर्यपुत्र इसी नगर में राजाओं के गौरव से सोने की पालकी में घूमते थे, आज मुण्डित केश, काषाय वस्त्र पहने, कपाल हाथ में लिए भीख माँग रहे हैं..."

राजा शुद्धोदन धोती संभालता हुआ घबराकर चला गया था।

तब से यशोधरा यहीं बैठी थी। वह समझ नहीं पा रही थी कि श्रमण को उस रूप में देखकर वह क्यों इतनी उद्विग्न हो उठी थी। क्या फिर भी वह वही नहीं है जो पहले था? कहाँ हैं उसके सुन्दर केश, जिनपर शैया पर सोते समय अपने हाथ वह अत्यन्त विभोर होकर फेरती थी। क्या यह दुख-सुख से परे दिखने वाली, वेदना और करुणा का अहंकार रखने वाली आँखें वही हैं, जो एक दिन भद्रा कापिलायिनी के मन-कमल पर भ्रमरों की भाँति गुंजन किया करती थी? सात वर्ष पूर्व जो एक दिन उसे सोती छोड़कर चला गया था, वही क्या इस रूप में आज लौटकर आया था?

यशोधरा सुन रही थी।

नीचे कोलाहल उठा था। अवश्य आर्य शुद्धोदन उन्हें ले आए होंगे। भोजन परोसा जा रहा होगा। आर्य राजा शुद्धोदन ने कुल-गौरव के नाम पर पुत्र से भिक्षा माँगी होगी। महाप्रजापती गौतमी व्यस्त होंगी। राहुल भी चला गया। कोई नहीं! परन्तु यशोधरा शून्य हुई-सी चुपचाप बैठी थी। वह नहीं जानती वह क्यों बैठी थी। वह नहीं जानती वह क्या करे। उसे यह भी नहीं मालूम कि वह बैठी थी। उसे अपनी सत्ता का ज्ञान नहीं था।

इतनी अनुभूति थी कि पुरुष ने सबको पराजित कर दिया है, अपने सत्य

और गौरव से सबको अभिभूत कर दिया है, परन्तु भद्रा कापिलायिनी ने कोई पाप नहीं किया, वह स्त्री है तो यह उसका अपराध नहीं है।...उसे अपने गत जीवन में लज्जित होने योग्य कोई बात दिखाई नहीं देती...वह क्यों जाए? क्यों जाए अपना सिर झुकाने? और वह है कौन? वह उसका पति है! वह यदि चलकर आएगा तो यशोधरा दस बार झुकेगी। यदि उसके चरण भद्रा के लिए एक पग भी उठेंगे, तो भद्रा अपनी पलकों को धरती पर बीस बार बिछाएगी। स्नेह का उत्तर भी स्नेह है, और इस उत्तर का मूल प्रश्न भी स्नेह ही है। वह क्रोध पर पल सकता है, घृणा पर कचोट खा सकता है, परन्तु उपेक्षित और दीन समझा जाए, उस पर दया की जाए, ऐसा निरीह तो वह सचमुच कभी नहीं था! वह इतना उथला नहीं है कि उसे प्रदर्शन की पराजय स्वीकार करनी पड़े। वह प्राणांत से नहीं, मानांत से नष्ट होता है, क्योंकि तब उसमें गहराई नहीं होती।

श्रमण गौतम का चक्ररत्न उदय हुआ है। परन्तु यशोधरा कन्धे से कन्धा भिड़ाकर खड़ी हुई थी। उसने आदर किया था अपने स्वामी का, चरण छुए थे अपने प्रेमी के। परन्तु आज जो पुरुष आया था, वह कौन था? क्या यशोधरा पापिनी थी! किस अपराध से छोड़कर चला गया था वह उसे। उसे निर्वाण और मुक्ति चाहिए थी, तब वह उसे पाप समझकर चला गया था! क्यों! क्या यशोधरा की सत्ता ही एक भयानक पाप थी?

इस समस्त गौरव का मूल ही एक सीमित अहंकार था और उसी अहं से उस पुरुष को वर्षों तक साधनारत होकर भीषण संघर्ष करना पड़ा था।

कोलाहल शान्त था। ऐसा लगता था जैसे सहस्रों मानवों के समूह में सम्पूर्ण नियन्त्रण था।

कैसा बैठा होगा उसका प्रियतम? यशोधरा, चलकर देख तो ले। उसका वह चक्रवर्ती वैभव तो देखे। उसे देखकर सब अवाक् खड़े होंगे। वह एकमात्र शास्ता है। जो कहता है वह अन्तिम शब्द है। क्या वह वही है जो एक दिन यशोधरा का ही था, वह उसी के आनन्द में हँसा करता था! या वह भी यशोधरा की भूल ही थी! क्या वह सब उसका छद्म ही था!

दासी अनुला आई। कह : "आर्यपुत्री!"

"कौन अनुला!" यशोधरा ने मुड़कर पूछा।

"देवी! जाकर आर्यपुत्र की वन्दना करें। सभी ने ऐसा किया है।" अनुला ने कहा : "चलें आर्ये!"

यशोधरा ने कहा : "हला अनुले! यदि मुझमें गुण होगा तो आर्यपुत्र स्वयं

आ जाएँगे। आने पर ही वन्दना करूँगी।''

''देवी, क्या प्रसन्न नहीं हैं! पति का यह गौरव क्या मन के समस्त अभावों को भर नहीं देता?'' अनुला ने आश्चर्य से पूछा।

''क्यों नहीं अनुला,'' यशोधरा ने कहा : ''वे तो मुझे छोड़ गए थे। मैं तो घृणित हूँ। फिर बिना बुलाए जाकर उन्हें क्यों भयभीत करूँ? यदि वे इतने उद्धारक हैं, तो इतनी दूर आकर और भी दो पग क्या नहीं आ सकते। मुझे क्या मालूम कि मुझे देखकर वे चले नहीं जाएँगे!''

अनुला चली गई। महाप्रजापती गौतमी से कहा। गौतमी ने घबराकर उपराजा अमृतोदन से कहा। अमृतोदन ने राजा शुद्धोदन को सुनाया। शुद्धोदन ने कहा : ''भन्ते! सबको सुख मिला। केवल राहुल-माता देवी नहीं आई।''

भगवान बुद्ध धीरे से उठे। शुद्धोदन की ओर उनका हाथ बढ़ा। राजा ने भिक्षा-पात्र ले लिया। भगवान ने सारिपुत्र और मौद्गल्यायन की ओर देखकर कहा : ''सारिपुत्र!''

''भन्ते!'' उसने पूछा।

''राजकन्या को यथारुचि वन्दना करने देना, कुछ न बोलना।'' बुद्ध ने उसी धैर्य से कहा, किन्तु शुद्धोदन को लगा वह स्वर वही नहीं था। राजकन्या के लिए यह पक्षपात क्यों? सचमुच भद्रा कापिलायिनी नहीं आई थी न?

श्रीगर्भ में आसन बिछा। श्रमण गौतम जाकर बैठ गए। उस समय द्वार पर मुस्कराती हुई, विजयिनी, उन्नत मन, पर नमित भाल, गम्भीर गौरवमयी, मन्थर पग धरती, परन्तु आतुर अधरा भद्रा कापिलायिनी दिखाई दी। बुद्ध ने देखा। वह प्रसन्न लगती थी। वह अपराजिता थी।

भद्रा कापिलायिनी ने बुद्ध का गुल्फ पकड़कर सिर पाँवों पर रखकर यथा-रुचि वन्दना की। न उसमें व्यंग्य की लघुता थी, न मान रह जाने का अहंकार था। न वह विरह के अन्त का उल्लास था, न अतीत के खो जाने का विषाद ही था। वह एक ऐसी अव्यक्त पूर्णता थी जो अपनी जगह उतनी ही शान्त, गहन और उन्नत थी, जितना दूसरी जगह श्रमण गौतमी का बुद्धत्व था।

राजा शुद्धोदन विह्वल हो गया। उसने कहा : ''भन्ते! मेरी यह पुत्री आपके काषाय वस्त्र पहनने को सुनकर, तभी से काषायधारिणी हो गई। आपके एक बार भोजन को सुन, एकाहारिणी हो गई। आपके ऊँचे पलंग के छोड़ने की बात सुन, खटिया पर सोने लगी। आपके माला, गन्ध आदि से विरत होने की बात सुन, स्वयं भी विरत हो गई। अपने पीहर वालों के 'हम तेरी सेवा-सुश्रूषा करेंगे' ऐसे पत्र

भेजने पर भी नहीं गई।"

हठात् यशोधरा का हाथ उठा जैसे मत कहो। वह जिस गौरव से आई थी उसी गौरव से उसने शास्ता की, प्रदक्षिणा की और अपराजित-सी लौटकर भीतर चली गई। भगवान बुद्ध आसन से उठकर चले गए।

राजा शुद्धोदन पीछे-पीछे चलने लगा। राजकुमार नन्द भी बढ़ चला।

यशोधरा ने वातायन से देखा। वे सब न्याग्रोधाराम जा रहे थे। अब उसका मन टुकड़े-टुकड़े होने लगा। उसने कितना अभिमान किया था। परन्तु उसके पति ने उसके सारे मान को सचमुच रख लिया। वह उसे भूला नहीं है।

एक बात भी नहीं हुई। एक मुस्कान नहीं बदली। दोनों ने एक-दूसरे को कितने भव्य रूप में देखा। कोई किसी से हारना नहीं चाहता था। यशोधरा का मन पुलकने लगा। उसका जीवन सार्थक था। उसने वह प्रेम पाया था जो जीवित मर्यादा की नींवों पर उठता है और अपने सम्मान सदैव अक्षुण्ण रखता है।

यशोधरा आनन्द से रोने लगी। आज उसे लग रहा था कि इतने दिन जो वह अपने को घृणित समझ रही थी शायद वह भूल थी। आर्यपुत्र उससे नहीं, अपने-आपसे डरकर चले गए थे और उसी भूल का निवारण करने के लिए उन्हें लौटकर आना पड़ा...क्योंकि यशोधरा नहीं गई...

महाप्रजापती गौतमी आज ध्यानमग्न बैठी थी। भद्रा कापिलायिनी ने कहा : "आर्ये!"

"क्या है वत्से!" वह चौंक उठी।

"देवी चिन्तित हैं?"

"नहीं यशोधरे! मैं सोच रही थी।"

"क्या देवी?"

"मैं ही उस गौतम की आपादिका, पोषिका, क्षीर-दायिका हूँ। महादेवी माया के बाद मैंने, उसकी मौसी ने ही, उसे पाला है।"

"तो?"

"यह सब जो उसने सोच-साचकर धर्म निकाला है, उससे क्या मेरा कल्याण नहीं हो सकता?"

"देवी! वह पुरुष धर्म है, तुम पूछ देखो।"

"धर्म तो एक ही है पुत्री!"

"देवी! धर्म तो संयुक्त है। सुना है दिशाओं को सुवर्ण से ढकने की सामर्थ्य

रखने वाला महाश्रेष्ठि अनाथ पिंडक भी शास्ता से प्रभावित हुआ है।''

''सच तब तो मेरे पुत्र का गौरव दिगंतों में फैल जाएगा।''

''इसीसे तो अब कोई कौतूहल नहीं रहा मुझे देवी! यश तो आज क्या, संभव है शताब्दियों तक इसी पृथ्वी पर अखण्ड होकर जिया करेगा, परन्तु मैं तो सोच भी नहीं पाती कि एक दिन अपने राहुल से मैं दीक्षा लेने जाऊँगी। राहुल तो आखिर पुत्र है, परन्तु मुझे तो अपने पति को भी इस रूप में स्वीकार करते लज्जा आती है आर्ये! मैं तो समझ ही नहीं पाती कि आखिर उन्होंने ऐसा कर क्या लिया है जो सब इतने आतंकित हो उठे हैं।''

''तू मूर्खा है।'' महाप्रजापती ने कहा : ''तू अपने यौवन के निष्फल जाने के वासनामय आक्रोश में बक रही है, वह महान है। वह एक परिवार नहीं, वह समस्त पुद्गल को मुक्त कर रहा है।''

''तो क्या देवी अब संसार में रोग, जन्म और मरण नहीं रहेंगे?''

''क्यों नहीं रहेंगे।''

''तो कहो कि वे अब अकेले मुक्त हो गए हैं!''

''और वह जो दूसरों को राह दिखा रहा है?''

''दूसरे तो केवल तर्क में पराजित होकर चुपचाप स्वीकार कर लेते हैं। क्या सचमुच जानते हैं कि वे क्या कर रहे हैं।''

''तू नहीं समझती, मैं प्रव्रज्या माँगूंगी। यदि उसने मुझे प्रव्रजित कर लिया तो मेरा जीवन सुधर जाएगा।'' महाप्रजापती गौतमी उठ खड़ी हुई।

''अच्छा देवी! नन्द की भाँति तुम भी भिक्षुणी बन जाओ। परन्तु मैं सोचती हूँ कि यह सब तुम लोगों को इतना प्रभावित कर रहा है। मैं तो उन्हें तब जितना शंकाकुल देखती थी, वैसी ही अब भी देखती हूँ।''

''नहीं पुत्री! वह पूर्ण सम्यक् सम्बुद्ध है। वह सारे कल्मषों को धो चुका है।''

यशोधरा हंस दी। कहा : ''देवी! मुझे केवल एक सन्तोष है कि मैं उनकी सहचारिणी सहगामिनी थी। मैं उन्हें जितना जानती हूँ उतना संसार में कोई भी नहीं जानता। मुझे यह देख-देखकर प्रसन्नता होती है कि मेरा ही पति आज विश्ववंद्य हो रहा है। पर जाने क्यों प्रयत्न करके भी इस आनन्द के द्वारा मैं अपने को उनसे कुछ नीचा नहीं समझ पाती। देवी! समझ लेती यदि वे मुझसे लौटकर कुछ बोलते । देवी! वे मेरे पास आए तो थे न? बता सकती हो, क्यों आए थे?''

''वह बुद्ध है, करुणा ही उसका धर्म है।''

''बस?'' यशोधरा ने कहा, ''और कुछ नहीं?''

''नहीं।''

''यही तो कहती हूँ, ''तुम नहीं जानती?''

महाप्रजापती गौतमी चली गईं। यशोधरा ने उठकर पुकारा : ''राहुल!''

''अम्ब!'' वह दौड़ा हुआ आया।

माँ ने उसे पास बिठा लिया।

''पुत्र!'' माँ ने स्नेह से कहा। और एकटक उसकी ओर देखती रही।

''क्या है मातर!'' राहुल ने कहा।

''पुत्र, तू जानता है, तू कितने वर्ष का है?''

''आठ का हूँ अम्ब! तुमने ही तो बताया था!''

''ठीक है वत्स! कोई स्वयं कुछ नहीं जानता। जैसे सब समझा दिए जाते हैं, वे वैसे ही मान लेते हैं। कहाँ गया था तू!''

''मैं देखने गया था।''

''क्या?''

''भ्रातर नन्द भिक्षु हो गए।''

''कहाँ, न्यग्रोधाराम में?''

''हाँ मातर!''

''साधु कुमार! तेरे पिता को आए छह दिन हुए। कपिलवस्तु में आने पर उन्होंने जो किया, मैं उसी सबकी आशा किए थी। राजकुमार नन्द के अभिषेक, गृह-प्रवेश और विवाह के दिन यह सर्वश्रेष्ठ रहा कि वह प्रव्रजित हो गया। वह भी कितना डर गया था! उसने सोचा, इतने वृद्ध साधु लोग इस शाक्य खत्तिय की शरण में जा रहे हैं, तो मैं कैसे कह दूँ कि भन्ते, भिक्षा-पात्र लीजिए। जनपद कल्याणी तो रोई होगी?''

''खूब रोई माँ! पर नन्द नहीं रोए।''

''क्यों?''

''माँ, उनका मुँह एकदम बड़ा अच्छा लगता है।''

''कैसे रे!''

''माँ! मैं भी भिक्षु बनूँ।''

''क्या कहा!'' यशोधरा चौंक उठी। चिल्लाई : ''क्या कहा?''

''कुछ नहीं माँ!'' बालक ने सहमकर कहा।

यशोधरा ने बालक का मुख अपने वक्ष में छिपा लिया और वह रो पड़ी।

राहुल समझा नहीं।

"क्यों रोती हो अम्ब!" राहुल ने उसके आँसू पोंछकर कहा।

"रोती नहीं वत्स!" यशोधरा ने कहा।

परन्तु उसका हृदय अभी तक व्याकुल था। उसके मुख से निकला : "दम्भ की परम्परा जब नारी को भी पराजित कर सकती है तब यह तो बालक है।"

बोली : "पुत्र!"

"हाँ, मातर!"

"कल तेरे पिता को यहाँ निमंत्रण दिया गया है। जानता है?"

"जानता हूँ, पितामह सारा प्रबन्ध करवा रहे हैं। पितृव्य भी बड़े कार्यरत हैं। अम्ब! कल तो बहुत खाने वाले आएँगे। माँ, एक बात पूछूँ?"

"पूछ तात।"

"माँ! यह लोग ऐसे ही खाते हैं?"

"कैसे?"

"जगह-जगह जाकर?"

"हाँ, तात।"

"इनका घर नहीं होता?"

"जब दूसरे इनके लिए घर बनाकर रहते हैं तो वे क्या पागल हैं कि घर बसाएँ!"

"तो लोग इन्हें खाने को क्यों देते हैं?"

"ब्राह्मणों को भी तो देते हैं, वत्स! यह क्षत्रियों की अपनी जाति के ब्राह्मण बन गए हैं तो क्या इन्हें क्षत्रिय ही खाने को नहीं देंगे?"

राहुल व्यंग्य को समझा नहीं। पूछा : "लेकिन अम्ब! ऐसे इन्हें कोई कब तक खाने को देगा। ये तो बहुत हैं और बढ़ते ही जाते हैं!"

यशोधरा वेदना से हँसी। कहा : "यही मैं सोचती हूँ वत्स, कि जब सब ऐसे ही हो जाएँगे तो इन्हें कौन खिलाएगा? फिर इनमें से कुछ खेती करने लगेंगे और फिर यही ताँता चल पड़ेगा!"

"अम्ब!" राहुल ने कहा, "नन्द राजा तो बड़े प्रसन्न हैं।"

यशोधरा बोली नहीं। भरे-भरे नेत्रों से उसे देखती रही और फिर उसने उसे स्नेह से माथे पर चूम लिया।

यशोधरा रात के दुर्वह एकान्त में दीपशिखा पर झूमते हुए पतंगे को बैठी देख रही

थी। दासी अनुला ने कहा : "स्वामिनी!"

"कौन? अनुला!" वह चौंक उठी।

"हाँ, देवी!" अनुला ने कहा : "महादेवी गौतमी अभी तक जाग रही हैं।"

"क्यों?"

"मैं नहीं जानती।"

"तो वह अब चली जाएँगी अनुला।"

"कहाँ देवी?"

"वे भिक्षुणी होना चाहती हैं।"

"परन्तु आर्य सम्यक् सम्बुद्ध तो स्त्रियों को प्रव्रज्या नहीं देते!"

"देंगे, अनुला! आर्यपुत्र अवश्य देंगे।"

"देवी! आपने उनकी वन्दना की थी?"

"हाँ।"

"तब वे गंभीर बैठे थे?"

"वे अर्हत् हैं अनुला, तू जानती है वे चक्रवर्ती सम्राटों से भी बड़े हैं। घर छोड़कर गए थे, संसार को आज प्रतिध्वनित कर रहे हैं। यहीं रहे आते तो उन्हें कौन जानता?"

"देवी!" अनुला ने गद्गद स्वर से कहा : "वज्जी, मल्ल, भग्ग, मैथिली, शाक्य, लिच्छवि, कोलिय, सब ही उनकी वन्दना कर रहे हैं। दासी हूँ, परन्तु क्या इतना भी नहीं समझती?"

वह विभोर और आक्रान्त-सी दिखाई दे रही थी। कहती रही : "जहाँ जाती हूँ उनका ही नाम सुनाई देता है। सब कहते हैं, श्रमण गौतम बड़े महान हैं। बड़े अर्हत् हैं। देवी! आपका भाग्य धन्य है, जिसका पति इतना महान है!"

यशोधरा बोली नहीं, बात मन में चुभ गई। कहने की इच्छा हुई परन्तु कह नहीं सकी। अनुला की सरल बात ने उसके मन को कचोट दिया।

"तू जा अनुला! दीप बुझा दे। मैं सोऊँगी।" उसने कुछ रुककर कहा।

अनुला "जो आज्ञा देवी!" कहकर दीप बुझाकर चली गई।

यशोधरा सोचने लगी। किन्तु आज उसके सामने वही प्रशान्त भव्य रूप आ रहा था। बुद्ध का वह चेतन स्वरूप, गम्भीर और करुणा से आप्लावित नयन, अधरों पर स्थित होकर रुक गई-सी क्षमा-भरी मुस्कान।

उसे आश्चर्य हुआ। पहले बुद्ध के कन्धे पर जब घने काले घुँघराले बाल लहराते थे, जब वह सुगन्धित वस्त्र पहनते थे; तब तो वह गौतम थे। अब

छोटे-छोटे कटे हुए बाल। चीवर! फिर भी अब वे बैठते हैं तो लोग नमित होते हैं! क्या वह असाधारण शक्ति नहीं? यशोधरा क्यों नहीं हार जाती? सारे शाक्यों में उत्साह छा रहा है। अपनी समस्त वेदनाओं को आर्य शुद्धोदन, आर्य अमृतोदन और महाप्रजापती गौतमी, सब ही भूल गए हैं। वह दिव्य स्वरूप देखकर वे प्रसन्न हैं। कितना महान बनकर लौटा है उसका पति! शाक्यों का विरोधी सम्राट बिंबसार भी उनके चरणों पर झुक गया। मेधावी प्रकाण्ड पण्डितों को उसके पति ने अपने गौरवान्वित ज्ञान से झुका दिया और लोग कहते हैं कि जैसे वह एक दिन अकेला ही घर छोड़कर चला गया था, वैसे ही वह लौट आया। अकेला ही तो लौटा था। जब पञ्चवर्गीय भिक्षुओं ने उसका पात्र नहीं लिया, उसके लिए आसन नहीं बिछाया, उसे आदर से सम्बोधित नहीं किया। वह स्वयं तो मुक्त हो गया था। फिर वह क्यों लौटा आया? संसार का कल्याण करने!

यशोधरा रोने लगी। सच ही तो वह नारी थी। पति के गौरव से प्रसन्न फिर भी अपने-आप में असन्तुष्ट। कैसा था वह विचित्र द्वन्द्व!

उसने सोचा। वही व्यक्ति का असन्तोष। वह सब कुछ अपने-आप मिल गया था, सो सब कुछ उसने अपने-आप त्याग दिया था। अपने लिए संसार को छोड़कर चला गया था वह। सुख अपने लिए खोजने गया, और सुख खोजा तो दुःख ही दुःख दिखाई दिया। उससे मुक्ति के लिए उसने कहा : मैं ही नहीं हूँ। मैं अनात्म हूँ। और जब दोनों बातें तय हो गईं, तो फिर वह अनात्म का अस्वीकृत—'मैं' बुद्ध हो गया और फिर वह संसार का कल्याण करने के नाम पर लौट आया। यह सब कैसा विचित्र है!

क्या वह सचमुच अब ममता से परे हो गया है? क्या जन्म-मरण का उसे शोक नहीं है। उसे सुख-दुख कहाँ से आया? वह तो जन्म को भी दुख मानता है, मरण को भी दुख मानता है। फिर यह सृष्टि क्यों है? यह तो कोई नहीं जानता? क्या बुद्ध को यह ज्ञात है? नहीं। फिर? वह तो इस सबको सोचते भी नहीं। उसके लिए तो सत्ता है। दुख है। और नारी!

वह नहीं गई थी। बुद्ध थे वे! स्वयं आए! क्या वे करुणा के कारण एक अभिमानिनी नारी पर दया करके आए थे? या वह अपनी वन्दना कराना चाहते थे, या वह स्नेह का अन्तिम विसतन्तु है जो दिखाई नहीं देता, फिर भी मन में सदा-सदा के लिए जीवित बना ही रहता है?

भद्राकापिलायिनी व्याकुल हो गई।

आज वह क्या सोच रही है! वह जो सिद्धार्थ था वह तो यशोधरा के लिए

सब जाना-पहचाना रूप था। क्या आज इस श्रमणरूप में वह सब अपरिचित हो गया है? परन्तु क्या उस जाने हुए रूप की तुलना में यह अज्ञात रूप अधिक वेदनात्मक है? या वही, वही अच्छा था, पहले वाला रूप...

क्या बुद्ध की शरण में जाने में उसका अपना भी कल्याण नहीं है? स्त्री तो पुरुष की ही अनुगामिनी है; जिसमें पुरुष का कल्याण है, उसीमें क्या स्त्री का भी कल्याण नहीं है? ममता के इन छोटे बन्धनों के परे स्वामी के व्यक्तित्व का विकास हुआ है! आज जम्बूद्वीप के राष्ट्रों के कर्णधार जानुनत होकर उनके सामने बैठते हैं। उनके यश का केतन उज्जयिनी तक चला गया है। क्या लेने आते हैं लोग उनके पास? शान्ति! मन की शान्ति। कल्याण! दया! करुणा! अहिंसा! जीवित रहने के कारण की खोज 1 शाश्वत सत्य। भटकन का अन्त। उठे हुए खड्ग उनके सामने झुक जाते हैं। क्यों? क्योंकि अब उनकी आँखों का आलोक वे सब सह नहीं पाते। भेरी-घोष के स्थान पर पथों पर अब मृदुल स्वर से लोग सरणं गच्छामि, सरणं गच्छामि कहते हैं। कौन-सी स्त्री होगी जो अपने पति का यह अपरूप वैभव देखकर पागल न हो उठेगी!

परन्तु देखती हूँ तो वह सब मुझे अपना-सा क्यों नहीं लगता?

हठात् यशोधरा उठ बैठी। अन्धकार में वह खड़ी हो गई। उसने बुद्ध की कल्पना करके आलिंगन के लिए हाथों को मिला लिया, किन्तु नहीं, हाथ झुक गए। वह अन्धकार में दण्डवत् कर रही थी।

इस रूप के पाँव ही छुए जा सकते हैं। जिससे आलिंगन किया था, वह तो एक सहज मानव था, बिल्कुल उस जैसा। यह तो वह नहीं है।

तो क्या वह अब नहीं रहा? वह सुन्दर माँसल सुगठित देह का युवक कहाँ चला गया! उसके भीतर से यह कौन निकल आया है जो निष्कम्प दीपशिखा के समान शाश्वत युगों तक आलोक फैलाने के लिए अपने ही स्नेह को जलाकर चमक उठने में समर्थ हो गया है। और इस दीप में अनवरत दूसरे दीप प्रकाशित होते चले जाएँगे। क्या यशोधरा इस दीप के नीचे का अन्धकार बनकर ही युग-युग तक इसी दीपक के नीचे नहीं पड़ी रह जाएगी?

रात की नीरवता अब गहन आकाश के सामने उलझकर वायु की मन्दिम मर्मर पर काँप रही थी। अनन्त आकाश में असंख्य नक्षत्र दिखाई दे रहे थे। क्या सचमुच उसके स्वामी ने ऐसी महानता ढूँढ़ ली है कि अब उनके बाद कुछ भी जानने योग्य नहीं रहा है! और यह जो अतीत के ज्ञानी थे क्या उनका भी ऐसा ही दावा नहीं था? फिर आज वे क्यों अभावों से भरे हुए-से दिखाई देते हैं?

यशोधरा बुदबुदाई : नहीं। नहीं। मनुष्य का यह ज्ञान सीमित है। स्वामी ने बार-बार कह-कहकर अपने मन को सन्तोष दे लिया है। मनुष्य इस विशाल सृष्टि में सीमित है और सीमा का ज्ञान सापेक्ष है, सीमित है। मनुष्य के ज्ञान से मनुष्य श्रेष्ठ सत्य है और मनुष्य से भी श्रेष्ठ सत्य मनुष्य का स्नेह है। अन्यथा यह मनुष्य क्या हैं। यह तो वन के अपरिचित वृक्ष हैं। उनका एक दूसरे से सम्बन्ध ही क्या?

सब ही यदि इस पूर्णत्व को प्राप्त कर लें तो यह सृष्टि चले ही क्यों? अपनी इच्छा से पैदा न होने वाले मनुष्य क्या जीवन को ऐसे नष्ट कर सकते हैं? नहीं। निर्वाण से भी ऊपर जीवन है। जीवन से भी ऊपर उसका विकास है, और यदि वह नहीं है, तो सब कुछ एकांगी है...पुरुष का दम्भ है...

यशोधरा वातायन से बाहर झाँकने लगी। निस्तब्ध गहनता छाई हुई थी। कल वे आएँगे, उसने सोचा, कल वे आएँगे...

पुरुष स्त्री से सम्भोग कर के सोचता है वह भोक्ता है। मूर्ख है वह। स्त्री भी समान भोक्ता है। वे एक-दूसरे के पूरक हैं। जन्म तो दुख नहीं है। कारण नहीं जान सकने के कारण क्या सत्ता को ही दुःख कह देने से दर्शन बन जाता है! क्षत्रिय का कैसा समाधान है।

धरती पर बीज गिरता है। फूटता है। वृक्ष बनता है। विशाल बनता है। पत्ते निकलते हैं, फल आते हैं। लोग खाते हैं, छाया में बैठते हैं। और कोई कहे कि बीज धरती में गिरा यह दुख है। फूटा यह भी दुःख है। वृक्ष बना यह भी दुःख है। और फिर वृक्ष कहे मैं अपने एक-एक पत्ते को सुखाकर गिरा दूँगा क्योंकि यह चंचल है, यह ममता का संघट्ट है, इसीकी छाया में संसार बैठता है, और वह पत्ते गिरा दे, वह फल नहीं दे, बीज नहीं दे, क्योंकि वह तो असंग रहना चाहता है...तो यह क्या है? धरती से विद्रोह करके वृक्ष की सत्ता ही क्या है? और धरती से विद्रोह करने की अपनी असामर्थ्य में वृक्ष कहता है कि न जन्मेगा, न मरेगा? पुरुष!! वह स्त्री से घृणा करता है और इसलिए अब जन्म ही नहीं लेगा। पुराने श्रमण तो कामिनी को ही बुरा कहते थे, उसके स्वामी तो स्त्री के मातृत्व को भी बुरा कहते हैं। अन्यथा यह है क्या?

यशोधरा को लगा यह सब भयानक था। फिर स्त्री क्यों प्रव्रज्या न ले? क्या पुरुष उसके लिए ममता का रूप नहीं है? क्या अनात्मा नारी भी उस उपसम्पदा की अधिकारिणी नहीं है?

परन्तु किसकी अधिकारिणी? यह सब तो उस पुरुष ने सोचा है जो नारी

को त्याज्य समझने के आधार पर छोड़कर चला गया था! क्या वह नारी का भी उपकार हो सकता है! नहीं! वहाँ तो पुरुष की करुणा होगी। अर्द्धाङ्गिनी है वह! करुणा नहीं, दया नहीं, भीख नहीं। वह जीवन की समान अधिकारिणी है! वह दबकर नहीं रह सकेगी!

परन्तु यशोधरा का मन विभ्रान्त हो उठा। क्या वह अति की प्रतिक्रिया में दूसरे अति का आधार नहीं ले रही है? क्या वह उस आवरणों से ढके हुए पारस्परिक अविश्वास और घृणा की ही बात नहीं कर रही है?

पुरुष निर्द्वन्द हैं? हैं, क्योंकि स्त्री ने इस व्यवस्था को स्वीकार कर लिया है।

वह जानती है। जब उसका पति उसे छोड़ गया था तब उसीने राहुल को पाला था। क्या यह उसका कर्त्तव्य नहीं था? था अवश्य! किन्तु उसका कर्त्तव्य एकांगी था, दोनों अंगों को उसीने तो सम्भाला है।

क्या किया है उसके पिता ने उसके लिए? क्या यह सम्यक् सम्बुद्ध एक दिन भी उस नन्हे बालक को रोते समय गोद लेकर समाधिस्थ हो सकता था? नहीं। तो क्या उस समय वह पुरुष उस अबोध बालक की हत्या करके, उसे चुप करा के अर्हत् पद प्राप्त करने की चेष्टा करता?

असम्भव !

यशोधरा शैया पर बैठ गई। दूर किसी चैत्य में शंख बज रहा था। घटकार ब्रह्मा को प्रणाम करके भद्रा कापिलायिनी ने खाट की पाटी पर पड़े कपड़े पर सिर रखा। आज उसे लगा, वह बहुत दिन बाद मंजिल के पास आ गई थी।

पूर्वाह्न की बेला में शाक्य राजा आर्य शुद्धोदन का विशाल प्रांगण भर गया था। उसमें असंख्य बौद्ध भिक्षु आ एकत्र हुए थे। बीस सहस्र भिक्षु आज शास्ता के साथ दूसरी बार आए थे। शुद्धोदन का वैभव आज एक नया रूप देख रहा था। आज से पूर्व भी अनेक बार वहाँ बड़े-बड़े ज्ञानी खड़े हुए थे और आर्य शुद्धोदन ने नतशिर उनका अभिवादन किया था।

अनुला दासी ने देखा कि राजा शुद्धोदन आ रहा था। उसके हाथ में भिक्षा-पात्र था। पीछे-पीछे धीर-गम्भीर चरण धरते शास्ता चले आ रहे थे। वह तेजस्वी मुख देखकर उसने श्रद्धा से प्रणाम किया। कितना भव्य था वह! क्या सुख नहीं था उसे! इतना देवभाव उसमें कैसे आ गया! देखकर ही कितना पवित्र लगता था!

दास, दासी, सैनिक, दण्डधर, सब प्रणाम करने लगे। सबके बाद महाप्रजापति गौतमी आई और उसने भी शास्ता को प्रणाम किया। आज उसके मुख पर एक अनोखा भाव था। रात-भर के चिन्तन ने उसे जैसे यह दृढ़ निश्चय दे दिया था कि वह जो सामने बैठा था, वह उसकी गोद में खेला हुआ बालक नहीं था, वह धर्म-चक्र का प्रवर्त्तन करने वाला शास्ता था।

शास्ता के आसन ग्रहण करने के बाद हजारों भिक्षु बैठ गए। भोजन आने लगा। क्षत्रियों ने प्रबन्ध किया। दास परोसने लगे।

यशोधरा आज कार्यरत थी। जब सब भोजन कर चुके, आर्य शुद्धोदन ने अमृतोदन के साथ जाकर कहा : ''भन्ते! महासम्मत क्षत्रिय वंश पवित्र हुआ। ओक्काक (इच्वांकु) का वंश आज पुनीत हुआ। भगवान ने मेरे समस्त पापों को धो दिया।''

वह पिता था। उसका स्वर गद्‌गद हो गया। अवरुद्ध आनन्दातिरेक से उस विह्वल की ममता छिपी नहीं रही। उसने इतने दिन तक शासन किया था। वह राजनीति के कुचक्रों को जानता था। किन्तु उसके पुत्र ने दिगंतव्यापी यश धारण किया था। उसका नाम आर्यावर्त्त में व्याप्त होता जा रहा था। वह क्या इसे समझ नहीं रहा था। सारिपुत्त, मोद्‌गल्यायन और आनन्द बुद्ध के समीप स्थित थे। आनन्द के मुख पर उस ममता की आभा की स्वीकृति झलक उठी। महाकाश्यप आनन्द के पीछे था। राजगृह के वेणुवन कलन्दक-निवास में विहार करते समय महाकाश्यप ने दक्षिणगिरि में भिक्षुसंघ के साथ चारिका करते भिक्षु आनन्द से मिलकर जो शास्ता के गुण गाए थे, वे सब अब जगह-जगह दुहराए जाते थे।

उस प्रशान्त वातावरण में हठात् भद्रा कापिलायिनी एक द्वार पर दिखाई दी और फिर हट गई।

आर्या महाप्रजापती गौतमी ने आश्चर्य से देखा कि सुअलंकृत राहुलकुमार धीरे-धीरे मुड़-मुड़कर देखता हुआ आगे बढ़ आया। उसने अन्तिम बार जैसे मुड़कर देखा और फिर धीर प्रशान्त भद्रा कापिलायिनी ने अभय मुद्रा में साहस दिया। गोरे रंग का वह आठ वर्ष का बालक सीधा बढ़ आया।

आर्य शुद्धोदन ने आँखें फाड़कर देखा और इससे पहले कि वह कुछ रोकता बालक ने स्वर उठाकर कहा : ''बीस हजार श्रमणों के मध्य में सुवर्ण-वर्ण श्रमण! तू ही मेरा पिता है। श्रमण! तेरी छाया सुखमय है ।''

बालक का पतला स्वर गूँज उठा! शास्ता बुद्ध ने देखा। उनके होंठों पर चंचलता नहीं आई। उन्होंने बालक को ऐसे देखा जैसे वह एक नितान्त अपरिचित

को देख रहे थे। उनके हृदय में जैसे कोई स्पन्दन नहीं हुआ। आर्य शुद्धोदन की साँस जहाँ की तहाँ रुक गई। भिक्षुसंघ ने सुना तो सबकी आँखें उस राहुलकुमार पर अटक गईं।

राहुल ने फिर कहा : "श्रमण! तू मेरा पिता है। मुझे अभी तक मेरी माता ने पाला है। तूने कुछ नहीं किया। ला, मुझे दायज (विरासत) दे।"

शब्द सुनकर महाप्रजापती गौतमी ने फुसफुसाया : "भद्रा कापिलायिनी!"

शास्ता आसन से उठ खड़े हुए। उनको उठते देखकर वे सहस्रों व्यक्ति भी उठ खड़े हुए।

अमृतोदन ने धीमे से शुद्धोदन से कहा : "शास्ता तो जा रहे हैं?"

शुद्धोदन ने उत्तर दिया : "पता नहीं बालक को क्या सूझा।"

महाप्रजापती गौतमी ने कहा : "आखिर भद्रा कापिलायिनी नारी ही प्रमाणित हुई।"

"वह तो सचमुच गरिमामयी है," शुद्धोदन ने कहा, "आर्ये! तुम क्या कह रही हो?"

शास्ता बढ़ रहे थे। पीछे-पीछे सारिपुत्र, मोद्गल्यायन और आनन्द थे। राहुल ने मुड़कर द्वार की ओर देखा। वहाँ भद्रा नहीं थी।

बालक बुद्ध के पीछे चलने लगा और उसने फिर कहा : "श्रमण! मुझे दायज दे!"

शास्ता प्राङ्गण के सिंहद्वार के पास आ गए थे। शुद्धोदन घबराया हुआ आ रहा था। उसी समय राहुल ने फिर कहा : "श्रमण! मुझे दायज दे।"

शास्ता गौतम बुद्ध ठहर गए। उन्होंने हठात् मुड़कर कहा : "सारिपुत्त!'

"भन्ते!" सारिपुत्त ने विनीत होकर कहा।

"राहुलकुमार को प्रव्रजित करो।"

सारिपुत्र अचकचा गया। उसने कहा : "भन्ते! किस प्रकार राहुलकुमार को प्रव्रजित करूँ?"

शास्ता ने एक बार राहुल की ओर देखा और कहा : "तीन चरण गमन से श्रामणेर प्रव्रज्या[1] की अनुज्ञा देता हूँ।"

दासी अनुला ने आर्य शुद्धोदन से कहा।

हज़ारों भिक्षुओं की भीड़ बढ़ चली।

---

1. भिक्षुपद के उम्मीदवार का नाम श्रामणेर है।

दास पुण्यक ने कहा : "महाराज! शास्ता ने राहुलकुमार को प्रव्रजित किया।"

शुद्धोदन ने सुना तो वहीं सिर पकड़कर बैठ गया।

महाप्रजापती गौतमी ने कहा : "यशोधरे! रात हो गई है, आज तू भोज़न नहीं करेगी? अभी तक तूने कुछ भी तो नहीं खाया।"

"देवी! आर्य आ गए?"

"नहीं, आर्य शुद्धोदन अभी शास्ता के पास से लौटकर नहीं आए।"

"आर्य अमृतोदन आ गए?"

"नहीं, वे तो साथ ही गए हैं?"

यशोधरा चुप खड़ी रही।

"वत्से!" महाप्रजापती गौतमी ने कहा : "जानती हूँ, तू व्यथित है। किन्तु क्यों? तू संसार की सबसे श्रेष्ठ स्त्री है। तेरे पति ने संसार का पाप धोया है और आज उसने पुत्र को अपने ही सामने अपनी आज्ञा से प्रव्रजित किया है।"

यशोधरा ने कहा : "देवी!"

"क्या है वत्से!"

"तुम सचमुच वही अनुभव भी करती हो, जो तुम कह रही हो?"

"निश्चय ही वधू!"

"वधू न कहो देवी!" यशोधरा ने काटा।

"क्यों?" गौतमी चौंकी।

"शास्ता की पत्नी कहो।"

"वह कैसे हो सकता है, वत्से। शास्ता तो इन बन्धनों से परे हैं।"

"तो फिर मैं भाग्यशालिनी कहाँ हूँ, देवी! उनकी वह सब उन्नति तो व्यक्तिगत है।"

"व्यक्तिगत!!" गौतमी ने समवेदना से कहा : "वत्से! मैंने गौतम को जन्म नहीं दिया, परन्तु उसको मैंने दूध पिलाया है। आज मैं उसीकी महानता को देखकर समझ सकी हूँ कि यह संसार कितना दुखी है। तू उसकी पत्नी है। तुझमें अभी तक क्रोध है। तू उसे भूल नहीं सकी है।"

"क्रोध!" भद्रा कापिलायिनी ने कहा : "तुम पराजित हो देवी! तुम यश देखकर डर गई हो। संसार तो पहले भी दुखी था, और फिर भी दुखी ही रहेगा और अब भी दुखी है। शास्ता का यह धर्म विचित्र है देवी! ब्राह्मण का धर्म पाखण्ड है, परन्तु उसमें आकाश और पृथ्वी मिल जाते हैं। आर्ये! शास्ता के इस

धर्म में न आकाश का विस्तार है, न पृथ्वी का! मैं तो समझ नहीं पाती इसे।''

''तू समझने का प्रयत्न नहीं करती गोपे!''

''तुम भी तो प्रव्रज्या लेने वाली हो न?''

''हाँ, मैंने पूछा था। परन्तु सारिपुत्र कहते थे कि शास्ता भिक्षुसंघ में स्त्रियाँ नहीं चाहते।''

''क्यों? क्योंकि स्त्री निर्बल होती है। यही न?''

गौतमी ने कहा : ''मैं नहीं जानती। परन्तु सत्य भी तो यही है, वत्से। वह बहुत कोमल होती है। मैं जानती हूँ, वहाँ मैं स्वयं जाऊँगी। अवश्य ही मैं प्रव्रज्या लूँगी।''

''वह पुरुष का धर्म है देवी। दान की भीख माँगेगी तो पुरुष वह भी देगा, परन्तु अनमने भाव से, दया करता हुआ। तभी तो तुमने मुझे भाग्यशालिनी कहा है। यही तो है मेरा गौरव कि मेरा यौवन और सौन्दर्य देखकर मेरे स्वामी को मुझसे डर लगने लगा था। मैं ही वह घृणित वस्तु हूँ जिसे देखकर उनके भीतर यह प्रेरणा जागी थी कि वे एकान्त वन की ओर सब कुछ छोड़कर चले गए थे!''

यशोधरा का स्वर अवरुद्ध हो गया था। उसने फिर कहा : ''जो है सो तो है ही, परन्तु मुझसे मत कहो कि मैं अपनी पराजय को अपनी विजय कहकर स्वीकार कर लूँ, जैसे मेरे स्वामी ने किया है।''

अनुला दासी के कन्धे पर सहारा लेते हुए भग्नस्तम्भ की भाँति राजा शुद्धोदन भीतर आ गए।

''महाराज! आर्य!'' यशोधरा ने आँखें फैलाकर कहा : ''मेरा राहुल कहाँ है?''

''देवी!'' शुद्धोदन का कण्ठ सूख गया था। महाप्रजापती गौतमी ने लाकर जल दिया! शुद्धोदन ने पानी पीकर कहा : ''वह तो चला गया।''

यशोधरा ने कहा : ''कहाँ?''

''अपने पिता के पास!''

''सच कहते हैं आर्य!'' यशोधरा ने कहा, ''तुम्हारे शास्ता ने उसे अपना पुत्र कहा?''

''नहीं कहा, देवी!'' शुद्धोदन ने बैठकर कहा : ''शास्ता ने उसे प्रव्रजित किया।''

''क्या किया?'' यशोधरा ने तीखे स्वर से पूछा।

''स्थविर महागौद्गल्यायन ने उसके केश काटकर काषाय वस्त्र देकर कहा, बोलो : धम्मं शरणं, संघं सरणं, बुद्धं शरणं गच्छामि! स्थविर महाकाश्यप अववाद

के आचार्य हुए।''

''तो उन्होंने उस आठ वर्ष के बालक को भिक्षु बना दिया?''

''देवी!'' शाक्य शुद्धोदन ने रुआँसे स्वर से कहा : ''मैंने कहा था कि भन्ते! भगवान से मैं एक वर चाहता हूँ। शास्ता ने कहा : गौतम! तथागत वर से दूर हो चुके हैं। तब भी मैंने कहा कि भन्ते! जो उचित है, दोषरहित है। तब शास्ता ने मुझसे कहा : बोलो गौतम!''

शुद्धोदन ने गला साफ किया और कहा : ''मैंने कहा, भगवान के प्रव्रजित होने पर मुझे बहुत दुःख हुआ था, वैसे ही नन्द के प्रव्रजित होने पर वही दुख दारुण बन गया है शास्ता! भन्ते! पुत्र-प्रेम मेरी खाल छेद रहा है। यह वेदना मेरे माँस को छेद रही है। मेरी नसों को यह यातना छेदे दे रही है। किन्तु उस असह्य दुःख ने मेरी हड्डियों तक को छेद दिया है। भन्ते! आर्य! अच्छा हो यदि आप बिना माता-पिता की आज्ञा के किसी को प्रव्रजित नहीं करें।''

गौतमी ने कहा : ''फिर?''

''तब शास्ता ने एक धर्म-कथा कही और स्वीकार किया। उन्होंने भिक्षुओं को सम्बोधित किया : भिक्षुओ! माता-पिता की अनुज्ञा के बिना पुत्र को प्रव्रजित नहीं करना चाहिए। जो प्रव्रजित करे, उसे दुक्कट का दोष है।''

शुद्धोदन ने दोनों हाथों में मुँह छिपा लिया; यशोधरा दूर कहीं शून्य की ओर देखती रही। फिर हठात् उसने मुस्कराकर कहा : ''तो आर्य! राहुलकुमार की माता मैं हूँ। मैंने दायज मंगवाया था। क्या शास्ता ने उसे पिता का दायज दिया है, या पितृहीन समझकर उसे काषाय दिया है?''

यशोधरा हंसी। उसने फिर कहा : ''आर्ये महाप्रजापती गौतमी! सुनती हो। यदि वह शास्ता होते तो राहुल के पितामह और राहुल की माता से आज्ञा प्राप्त करने की आवश्यकता नहीं समझते? किन्तु उन्होंने ऐसा नहीं किया। दायज दिया है तो पिता के ही रूप में न? जब वे पिता ही हैं तो क्या पूर्ण भिक्षु हैं? मैं तो उसी दिन समझ गई थी जिस दिन वे मेरे पास आए थे। मैंने उनसे मान किया था, यही तो देखना चाहती थी कि कहीं उनके मन में मैं बची रह गई हूँ या नहीं? सचमुच वे आए थे। मेरा नाम मिटाने आए थे...''

शुद्धोदन ने देखा यशोधरा पागल-सी हंस रही थी। वह पुकार उठा : ''वत्से! धैर्य धारण करो वधू!''

''धैर्य!'' यशोधरा ने कहा : ''आर्य! वह उसे मेरे पास छोड़ गए थे। मैंने उसे फिर उन्हें ही सौंप दिया है। वे स्वामी हैं। चाहे जैसी शिक्षा दे। मुझे दुःख

नहीं, परन्तु देखते हो न सब लोग! त्यागी के त्यागी बने रहे और माँ से बालक भी छीनकर अपने पास रख लिया...''

यशोधरा फिर हँसी और मूर्च्छित होकर गिर गई। बाहर पथ पर गृहस्थ क्षत्रिय शाक्य शास्ता के नये उपासक बनकर धीरे स्वर से अन्धकार को गूँजाते जा रहे थे...धम्मं सरणं, बुद्धं सरणं गच्छामि...जैसे भिक्षुओं की ही नहीं, समस्त मानव की एक ही ध्वनि उठ रही थी...

किन्तु यशोधरा मूर्च्छित ही पड़ी रही...

●●●